# Símbolos de Texas

¿Qué símbolos representan Texas?

La **amistad** es el lema del estado. ¿Por qué es importante la amistad?

Éste es el **sello** del estado de Texas.
Es un símbolo importante para Texas.

Éste es un **mapa** de Estados Unidos. El estado de Texas está en rojo.

# Las banderas ondean En Grande

Ésta es la **bandera del estado de Texas**. ¿Has visto cómo ondea en la brisa?

¿Cuántos colores tiene la bandera?

¿Cuántas estrellas tiene la bandera?

Ésta es la bandera de **Estados Unidos.** ¿En qué se parece a la bandera de Texas? ¿En qué se diferencia?

# Los animales de Texas de hoy en día

Todos los animales que aparecen en estas dos páginas se pueden encontrar en Texas.

Nubes de color anaranjado llenan los cielos de Texas. Esas nubes son las mariposas monarcas. Vuelan por Texas para ir a pasar el invierno en México.

Puedes escuchar el dulce canto de los sinsontes. ¿Crees que este sinsonte puede cantar "Texas, nuestro Texas"? Ésa es la canción del estado de Texas. ¿Te la sabes?

# En Grande

Los cuernos pueden medir ocho pies de punta a punta.

Los **cuernos largos** son animales grandes. Muchos viven en grandes ranchos en Texas.

El **armadillo** es un animal pequeño. Vive por todo Texas. ¿Has visto alguno?

# Plantas grandes y pequeñas

Este cacto grande llamado nopal crece en Texas. ¿Por qué tienes que tener cuidado si te acercas a él?

Las **lupinas azules** florecen en la primavera. La lupina azul es la flor del estado.

## ¿Sabes qué?

El nopal puede alcanzar 7 pies de altura. Una lupina azul puede alcanzar 15 pulgadas de altura. ¿Es una lupina azul más alta que un nopal?

# Comidas picantes y bailes divertidos

A muchos tejanos les encantan las comidas picantes. El **chile** es el plato del estado de Texas.

La contradanza es divertida. ¿Sabes bailar algún tipo de contradanza?

# Los dinosaurios tejanos

Muchas clases de dinosaurios vivieron en lo que hoy en día es Texas. Vivieron allí mucho antes de que vivieran personas. Una especie de dinosaurio medía 50 pies de altura. ¡Eso es ser grande como Texas!

## ¡Piensa en grande!
¿Qué símbolos representan Estados Unidos?

## ¿Cuál es más alto?

Los dibujos de esta página te muestran los diferentes tamaños de algunas de las cosas que has leído. ¿Cuál es el más alto? ¿Cuál es el más bajo? ¿Eres más alto o alta que un armadillo?

Sinsonte     Armadillo     Niña de seis años     Braquiosaurio

© 2003 Time Inc. All rights reserved.

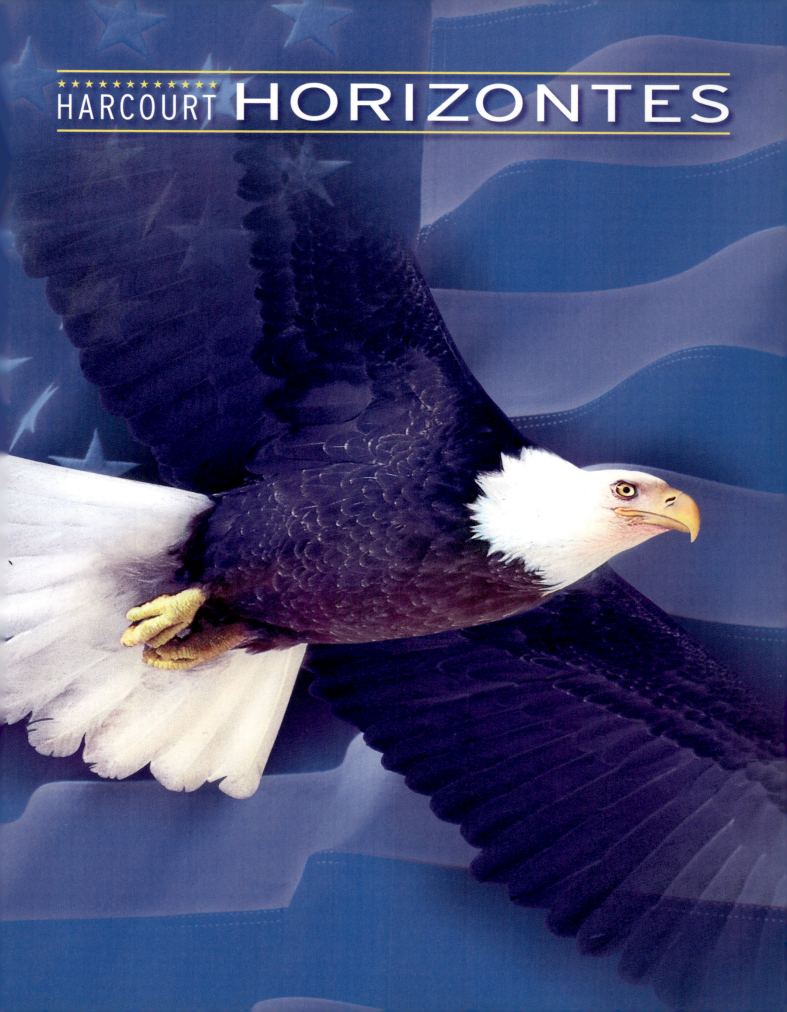

# Juramento a la bandera

Juro lealtad a la bandera

de Estados Unidos de América

y a la república que representa,

una nación bajo la protección de Dios,

indivisible, con libertad y

justicia para todos.

# HARCOURT HORIZONTES

# Acerca de mi mundo

## Harcourt

Orlando   Austin   Chicago   New York   Toronto   London   San Diego

¡Visita *The Learning Site!*
www.harcourtschool.com

# HARCOURT HORIZONTES
## ACERCA DE MI MUNDO

### General Editor

**Dr. Michael J. Berson**
Associate Professor
Social Science Education
University of South Florida
Tampa, Florida

### Contributing Authors

**Dr. Sherry Field**
Associate Professor
The University of Texas at Austin
Austin, Texas

**Dr. Tyrone Howard**
Assistant Professor
UCLA Graduate School of Education & Information Studies
University of California at Los Angeles
Los Angeles, California

**Dr. Bruce E. Larson**
Associate Professor of Teacher Education and Social Studies
Western Washington University
Bellingham, Washington

### Series Consultants

**Dr. Robert Bednarz**
Professor
Department of Geography
Texas A&M University
College Station, Texas

**Linda McMillan Fields**
Social Studies Supervisor
Spring Branch Independent School District
Houston, Texas

**Dr. Asa Grant Hilliard III**
Fuller E. Callaway Professor of Urban Education
Georgia State University
Atlanta, Georgia

**Dr. Thomas M. McGowan**
Chairperson and Professor
Center for Curriculum and Instruction
University of Nebraska
Lincoln, Nebraska

**Dr. John J. Patrick**
Professor of Education
Indiana University
Bloomington, Indiana

**Dr. Cinthia Salinas**
Assistant Professor
Department of Curriculum and Instruction
University of Texas at Austin
Austin, Texas

**Dr. Juan S. Solis**
McAllen, Texas

**Dr. Philip VanFossen**
Associate Professor, Social Studies Education, and Associate Director, Purdue Center for Economic Education
Purdue University
West Lafayette, Indiana

**Dr. Hallie Kay Yopp**
Professor
Department of Elementary, Bilingual, and Reading Education
California State University, Fullerton
Fullerton, California

## Classroom Reviewers

**Dr. Linda Bennett**
Assistant Professor
Social Studies Education
Early Childhood and
   Elementary Education
   Department
University of Missouri–Columbia
Columbia, Missouri

**Marlene Dennis**
Teacher
Ashland Elementary School
St. Louis, Missouri

**Deanna Dunn**
Educator
Walkertown Elementary
Walkertown, North Carolina

**Donna Geller**
Assistant Principal
P.S. 70 Queens
Long Island City, New York

**Janet Goodwin**
Curriculum Coordinator
Southwestern City School District
Grove City, Ohio

**Libby Laughlin**
Teacher
Blackhawk Elementary School
Fort Madison, Iowa

**Starlet Lindblad**
Teacher
Forest Lakes Elementary School
Forest Hill, Maryland

**Colleen Reed**
Teacher
Garner Elementary School
Grand Prairie, Texas

**Melissa Stusek**
Teacher
Donelson Hills Elementary School
Waterford, Michigan

## Spanish Content Reviewers

**Dolores Godinez**
English/Spanish Translator
Austin Independent School District
Austin, Texas

**Cruz Rochez**
Bilingual/ESL Supervisor
Houston Independent School
   District
Houston, Texas

**Cristina Tyger**
Bilingual/ESL Reading Supervisor
Houston Independent School
   District
Houston, Texas

**Edna Yépez**
Bilingual/ESL Strategist
McAllen Independent School
   District
McAllen, Texas

**Maps**
researched and prepared by

**Readers**
written and designed by

**Take a Field Trip**
video tour segments provided by

Copyright © 2003 by Harcourt, Inc.

All rights reserved. No part of this publication may be reproduced or transmitted in any form or by any means, electronic or mechanical, including photocopy, recording, or any information storage and retrieval system, without permission in writing from the publisher.

Requests for permission to make copies of any part of the work should be addressed to: School Permissions and Copyrights Harcourt, Inc.
6277 Sea Harbor Drive
Orlando, Florida 32887-6777
Fax: 407-345-2418

HARCOURT and the Harcourt Logo are trademarks of Harcourt, Inc., registered in the United States of America and/or other jurisdictions. TIME FOR KIDS and the red border are registered trademarks of Time Inc. Used under license. Copyright © by Time Inc. All rights reserved.

Printed in the United States of America

ISBN 0-15-334233-1

3 4 5 6 7 8 9 10 032 10 09 08 07 06 05 04 03

# Contenido

A1 **Atlas**

• UNIDAD • 1

## Vamos a la escuela

1 **Unidad 1 Introducción**
2 **Unidad 1 Presentación del vocabulario**
4 **Comienza con un poema**
**Autobús escolar** por Lee Bennett Hopkins
ilustrado por Lori Lohstoeter

6 **Lección 1 Ir a la escuela**
8 **Destrezas de lectura**
Hallar la idea principal
10 **Lección 2 Reglas en la escuela**
12 **Destrezas de civismo**
Trabajar juntos
14 **Lección 3 Trabajadores escolares**
18 **Lección 4 ¿Dónde estás?**
20 **Destrezas con mapas y globos terráqueos**
Observar los mapas
22 **Lección 5 Las escuelas del pasado y las de hoy**
28 **Destrezas con tablas y gráficas**
Agrupar cosas
30 **Lección 6 El aprendizaje en todo el mundo**
34 **Visita**
Una escuela para bomberos
36 **Unidad 1 Repaso y preparación para la prueba**
40 **Actividades de la unidad**

• UNIDAD •
# 2 Buenos ciudadanos

| 41 | Unidad 2 Introducción |
|---|---|
| 42 | Unidad 2 Presentación del vocabulario |
| 44 | **Comienza con una canción** <br> **América** por Samuel F. Smith <br> ilustrado por Erika LeBarre |
| 46 | Lección 1 Reglas y leyes |
| 48 | Lección 2 ¿Quiénes son nuestros líderes? |
| 52 | **Destrezas con mapas y globos terráqueos** <br> Hallar estados en un mapa |
| 54 | Lección 3 El presidente de nuestro país |
| 58 | **Destrezas de civismo** <br> Votar para tomar decisiones |
| 60 | Lección 4 Los símbolos de Estados Unidos |
| 66 | **Destrezas de lectura** <br> Ficción o no ficción |
| 68 | Lección 5 Reseñas de buenos ciudadanos |
| 72 | Lección 6 Derechos y responsabilidades |
| 74 | **Visita** <br> Cómo las comunidades honran a sus ciudadanos |
| 76 | Unidad 2 Repaso y preparación para la prueba |
| 80 | Actividades de la unidad |

v

• UNIDAD •

# 3

# La tierra a mi alrededor

- 81 Unidad 3 Introducción
- 82 Unidad 3 Presentación del vocabulario
- 84 Comienza con un cuento
  **Desde aquí hasta allá** por Margery Cuyler ilustrado por Yu Cha Pak
- 94 Lección 1 Un barrio
- 96 **Destrezas con mapas y globos terráqueos**
  Usar una clave del mapa
- 98 Lección 2 La tierra y el agua
- 102 **Destrezas con mapas y globos terráqueos**
  Hallar tierra y agua en un mapa
- 104 Lección 3 Globos terráqueos y mapas
- 106 **Destrezas con mapas y globos terráqueos**
  Hallar direcciones en un globo terráqueo
- 108 Lección 4 Las personas y los recursos
- 112 **Destrezas de lectura**
  Predecir lo que sucederá
- 114 Lección 5 Salvar nuestros recursos
- 118 Lección 6 Casas y hogares
- 122 Visita
  Un jardín para las mariposas
- 124 Unidad 3 Repaso y preparación para la prueba
- 128 Actividades de la unidad

vi

• UNIDAD •

# Nosotros y todo lo que nos rodea

**129** Unidad 4 Introducción

**130** Unidad 4 Presentación del vocabulario

**132** Comienza con un artículo
**Las costumbres de los mohawk** de Time for Kids

**134** Lección 1 Grupos de personas

**136** Destrezas de civismo
Resolver un problema

**138** Lección 2 Familias unidas

**142** Lección 3 ¿Qué es la cultura?

**146** Destrezas de lectura
Punto de vista

**148** Examina las fuentes primarias
Expresar la cultura

**152** Destrezas con mapas y globos terráqueos
Usar una escala del mapa

**154** Lección 4 ¡A celebrar!

**158** Destrezas con tablas y gráficas
Usar un calendario

**160** Lección 5 ¡Somos americanos!

**162** Visita
Un festival de culturas

**164** Unidad 4 Repaso y preparación para la prueba

**168** Actividades de la unidad

vii

• UNIDAD •

# 5

# Miramos el pasado

**169** Unidad 5 Introducción

**170** Unidad 5 Presentación del vocabulario

**172** Comienza con un poema
**Cuatro generaciones** por Mary Ann Hoberman
ilustrado por Russ Wilson

**174** Lección 1 El tiempo y el cambio

**176** Destrezas de tablas y gráficas
Usar una línea cronológica

**178** Lección 2 Investigar una historia familiar

**182** Destrezas con tablas y gráficas
Usar un diagrama

**184** Lección 3 Historia de una comunidad

**190** Destrezas de lectura
Identificar causa y efecto

**192** Lección 4 Los primeros habitantes de América

**196** Lección 5 La historia de nuestro país

**200** Lección 6 Celebrar la historia

**204** Destrezas con mapas y globos terráqueos
Seguir una ruta en un mapa

**206** Lección 7 Desfile de héroes

**210** Lección 8 La vida diaria, el pasado y el presente

**216** Examina las fuentes primarias
El teléfono

**218** Visita
La aldea de Old Sturbridge

**220** Unidad 5 Repaso y preparación para la prueba

**224** Actividades de la unidad

• UNIDAD •
# 6

# Trabajos que hacen las personas

| 225 | Unidad 6 Introducción |
|---|---|
| 226 | Unidad 6 Presentación del vocabulario |
| 228 | Comienza con un cuento<br>**Hora de la congestión** por Christine Loomis<br>ilustrado por Mari Takabayashi |
| 240 | Lección 1 Bienes y servicios |
| 244 | Lección 2 Una fábrica de lápices |
| 250 | Destrezas con tablas y gráficas<br>Usar un pictograma |
| 252 | Lección 3 Por qué las personas trabajan |
| 254 | Lección 4 Los trabajos cambian |
| 258 | Lección 5 Compradores y vendedores |
| 262 | Destrezas con tablas y gráficas<br>Usar una gráfica de barras |
| 264 | Lección 6 Queremos más o menos |
| 266 | Destrezas de civismo<br>Tomar decisiones al comprar |
| 268 | Lección 7 Intercambiar con los demás |
| 274 | Visita<br>Las personas trabajan |
| 276 | Unidad 6 Repaso y preparación para la prueba |
| 280 | Actividades de la unidad |

# Para tu referencia

| 282 | Diccionario biográfico |
|---|---|
| 284 | Glosario ilustrado |
| 303 | Índice |

# Secciones útiles

## Destrezas

### Destrezas con tablas y gráficas
- 28 Agrupar cosas
- 158 Usar un calendario
- 176 Usar una línea cronológica
- 182 Usar un diagrama
- 250 Usar un pictograma
- 262 Usar una gráfica de barras

### Destrezas de civismo
- 12 Trabajar juntos
- 58 Votar para tomar decisiones
- 136 Resolver un problema
- 266 Tomar decisiones al comprar

### Destrezas con mapas y globos terráqueos
- 20 Observar los mapas
- 52 Hallar estados en un mapa
- 96 Usar una clave del mapa
- 102 Hallar tierra y agua en un mapa
- 106 Hallar direcciones en un mapa
- 152 Usar una escala del mapa
- 204 Seguir una ruta en un mapa

### Destrezas de lectura
- 8 Hallar la idea principal
- 66 Ficción o no ficción
- 112 Predecir lo que sucederá
- 146 Punto de vista
- 190 Identificar causa y efecto

## Música y literatura
- 4 "El autobús escolar" por Lee Bennett Hopkins ilustrado por Lori Lohstoeter
- 44 "América" por Samuel F. Smith ilustrado por Erika LeBarre
- 84 Desde aquí hasta allá por Margery Cuyler ilustrado por Yu Cha Pak
- 132 Las costumbres de los mohawk de Time for Kids
- 172 "Cuatro generaciones" por Mary Ann Hoberman ilustraciones de Russ Wilson
- 228 Hora de la congestión por Christine Loomis ilustrado por Mari Takabayashi

## Fuentes primarias

### Examina las fuentes primarias
- 148 Expresar la cultura
- 216 El teléfono

### Documentos americanos
- 56 La Constitución de Estados Unidos de América
- 62 Juramento a la bandera
- 65 El himno nacional

## Biografía
- 15 Mary McLeod Bethune
- 57 Thomas Jefferson

68 Nathan Hale
69 Sam Houston
69 Clara Barton
70 Eleanor Roosevelt
70 Stephanie Kwolek
71 Los bomberos
115 Marjory Stoneman Douglas
201 Abraham Lincoln
211 Thomas Alva Edison
257 Ellen Ochoa

# Geografía
119 Desierto de Sonora
249 Grafito de China

# Patrimonio cultural
64 Estado de Washington
156 Kwanzaa

# Ciencias y tecnología
31 Internet
181 Relojes

# Tablas, gráficas y diagramas
A12 Términos geográficos
1 Tabla de comparación
6 Leer un libro de texto
10 Reglas en la escuela

18 ¿Dónde están?
29 Herramientas escolares
36 Unidad 1 Resumen visual
38 Reglas
41 Tabla de S-QS-A
58 Boleta electoral
59 Votos
76 Unidad 2 Resumen visual
78 Votos sobre las excursiones de la clase
81 Red de geografía
110 En busca de petróleo
124 Unidad 3 Resumen visual
129 Red de grandes ideas
159 Calendario de diciembre
164 Unidad 4 Resumen visual
166 Calendario de octubre
169 Tabla de secuencia
175 Cuatro estaciones
176 Línea cronológica de Samuel
183 Árbol genealógico
214 La comunicación a través de la historia
220 Unidad 5 Resumen visual
222 Línea cronológica de los cumpleaños de los presidentes
225 Resumen
251 Cajas de lápices vendidos
263 Cestas de bayas vendidas
265 Presupuesto mensual
271 Ropa de todo el mundo
276 Unidad 6 Resumen visual
278 Pacientes
279 De dónde vienen las camisas de Ryan

xi

# Mapas

- **A2** La tierra y el agua del mundo
- **A4** Continentes del mundo
- **A6** América del Norte
- **A8** Tierra y agua de Estados Unidos
- **A10** Estados Unidos
- **21** Mapa de la escuela
- **39** Salón de clases de Joe
- **53** Estados Unidos (estados)
- **79** Estados Unidos
- **95** Barrio de Houston
- **97** Parque Hermann
- **103** Texas
- **105** Mapamundi
- **107** Hemisferio occidental
- **107** Hemisferio oriental
- **119** Desierto de Sonora
- **126** Hemisferio occidental
- **126** Hemisferio oriental
- **127** North Carolina
- **153** Museo de la Cultura
- **167** Festival cultural
- **194** Ruta de Colón
- **205** Desfile del Día de los Veteranos
- **223** Rutas de autobús
- **249** China

# Atlas

 **El mundo**
- A2 Tierra y agua
- A4 Continentes
- A6 América del Norte

**Estados Unidos**
- A8 Tierra y agua
- A10 Estados

**Términos geográficos**
- A12

**A1**

# El mundo
## Tierra y agua

A2

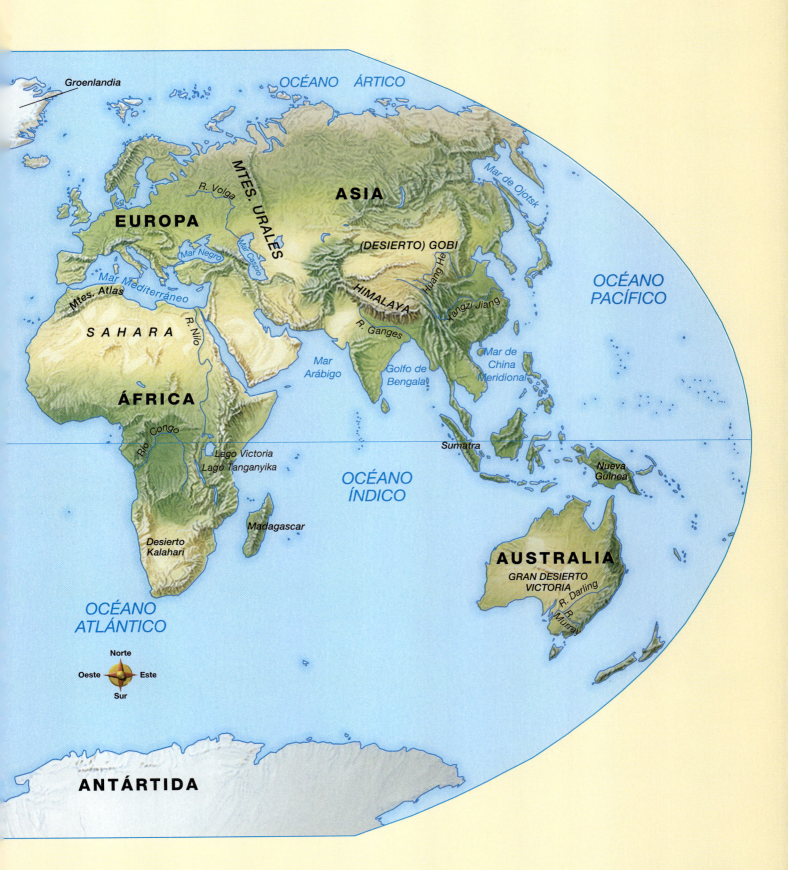

# El mundo
## Continentes

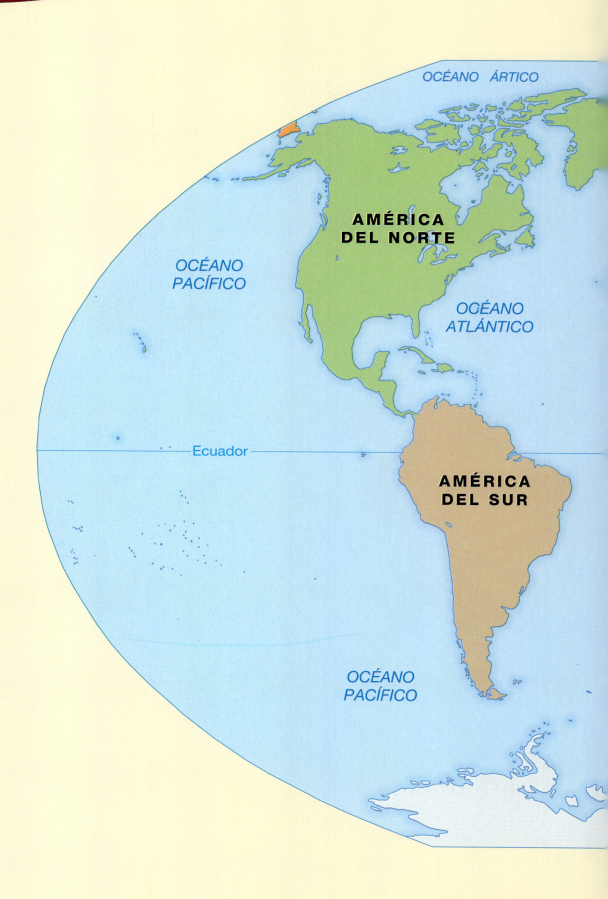

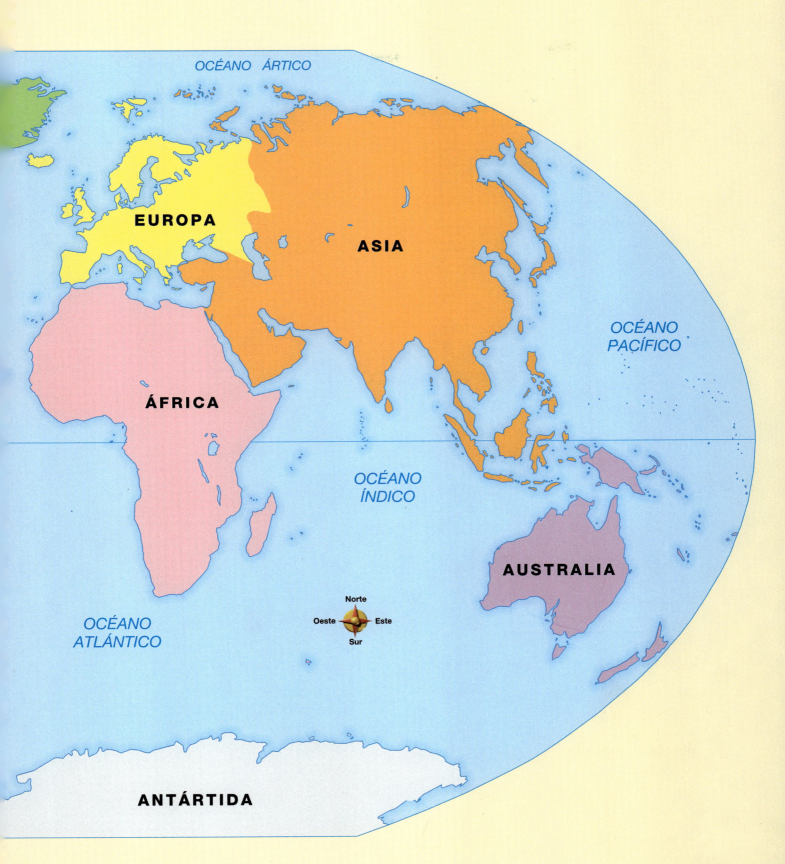

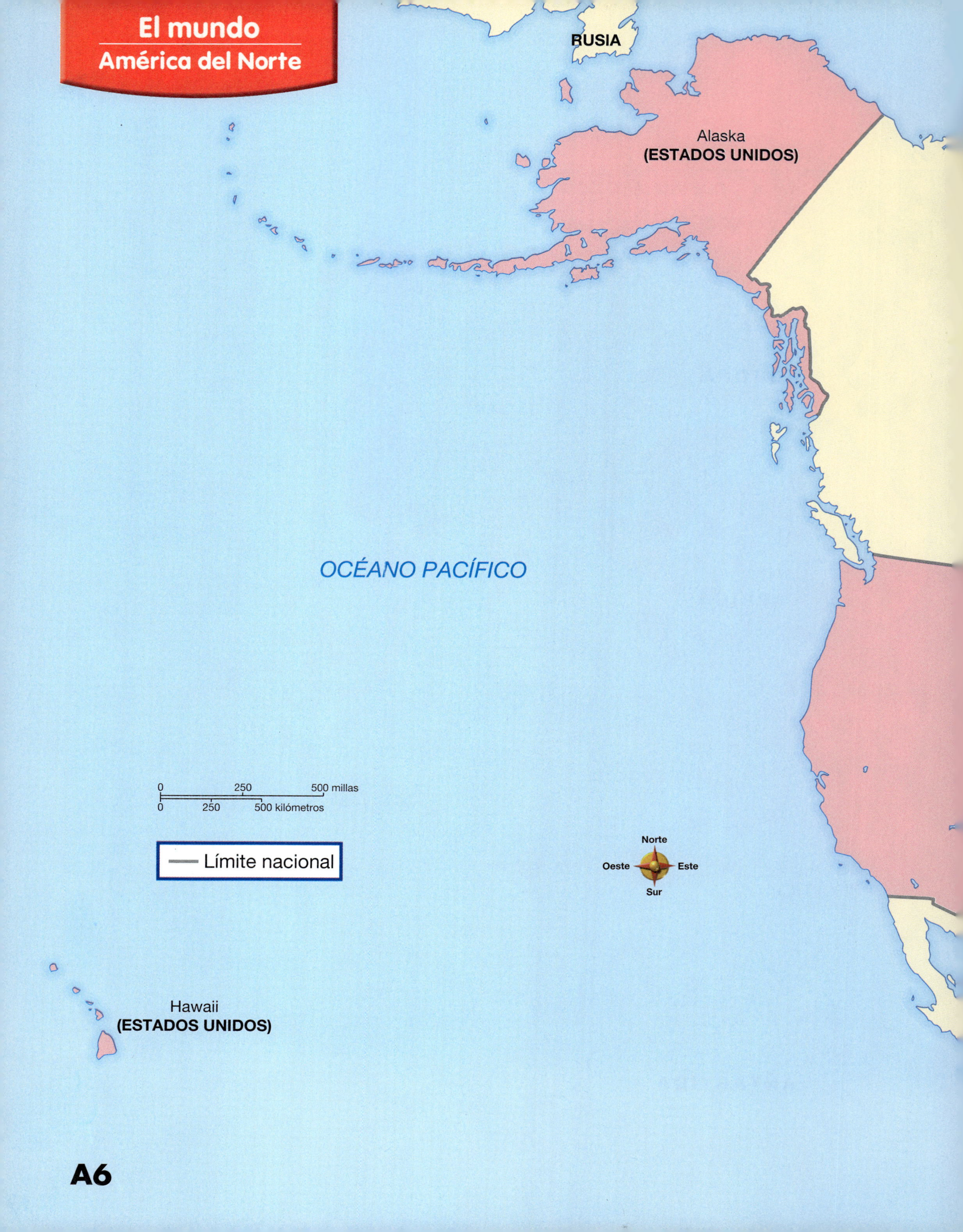

# El mundo
## América del Norte

RUSIA

Alaska
(ESTADOS UNIDOS)

OCÉANO PACÍFICO

0  250  500 millas
0  250  500 kilómetros

— Límite nacional

Norte
Oeste — Este
Sur

Hawaii
(ESTADOS UNIDOS)

A6

# Estados Unidos
## Estados

### Mapa insertado: Alaska
- RUSIA
- OCÉANO ÁRTICO
- ALASKA (AK)
- CANADÁ
- Mar de Bering
- OCÉANO PACÍFICO

### Mapa principal
- CANADÁ
- MÉXICO
- OCÉANO PACÍFICO
- WASHINGTON (WA)
- MONTANA (MT)
- OREGON (OR)
- IDAHO (ID)
- WYOMING (WY)
- NEVADA (NV)
- UTAH (UT)
- COLORADO (CO)
- CALIFORNIA (CA)
- ARIZONA (AZ)
- NEW MEXICO (NM)

### Mapa insertado: Hawaii
- HAWAII (HI)
- OCÉANO PACÍFICO

### Rosa de los vientos
- Norte
- Oeste
- Este
- Sur

A10

# Términos geográficos

**bosque** área de árboles muy extensa

**colina** terreno que se levanta sobre la tierra que lo rodea

**desierto** área de tierra extensa y árida

**golfo** masa grande de agua marina parcialmente rodeada de tierra

**isla** accidente geográfico rodeado de agua

**lago** masa de agua rodeada de tierra por todas partes

**llanura** terreno plano

**montaña** tipo de terreno más alto

**océano** masa de agua salada que cubre un área grande

**península** accidente geográfico que tiene tres lados rodeados de agua

**río** corriente de agua que corre por la tierra

**valle** terreno bajo entre colinas o montañas

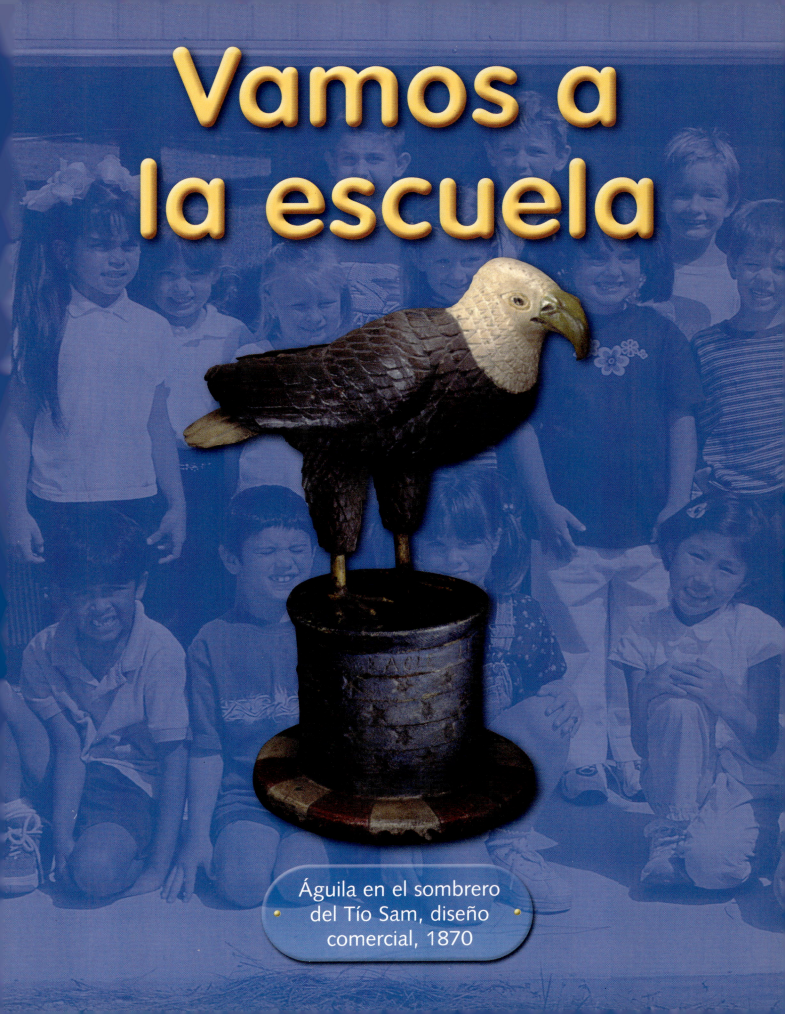

# Vamos a la escuela

Águila en el sombrero del Tío Sam, diseño comercial, 1870

# Unidad 1

# Vamos a la escuela

"Entra para aprender y sal para servir".
— señales a la entrada y salida de la escuela de Mary McLeod Bethune en Daytona Beach, Florida, 1914

## Presentación del contenido

Haz una tabla para mostrar en qué se parecen y en qué se diferencian las escuelas alrededor del mundo. Mientras lees esta unidad, agrégalo a la tabla. Muestra lo que aprendiste de los trabajadores escolares, las formas de aprender y las herramientas que usas.

| Escuelas | |
|---|---|
| Semejanzas | Diferencias |

# Presentación del vocabulario

**aprender** Descubrir algo nuevo. (pág. 6)

**regla** Instrucción que indica qué se debe o no se debe hacer. (pág. 10)

**grupo** Número de personas que trabajan juntas. (pág. 12)

*Aprende sobre tu mundo.*

**maestra** Persona que ayuda a otros a aprender. (pág. 14)

**directora** Líder de una escuela. (pág. 14)

# Autobús escolar

por Lee Bennett Hopkins
ilustrado por Lori Lohstoeter

Este autobús muy despierto a la **escuela** va, recién pintado y listo para el otoño está,

para llevar a—

dieciséis niños—
y catorce niñas con—

treinta pares de ojos soñolientos

y

cientos

y

cientos

de

útiles y cuadernos.

## Piénsalo

1. ¿Qué te dice el poema sobre estos niños?

2. ¿Cómo se preparan tú y tus amigos para la escuela?

### Lee un libro

### Comienza el proyecto de la unidad

**Un álbum del salón de clases**
Tu clase va a hacer un álbum. A medida que leas esta unidad, dibuja y escribe sobre las cosas nuevas que aprendiste.

### Usa la tecnología

Visita The Learning Site en **www.harcourtschool.com/ socialstudies** para obtener actividades adicionales, fuentes primarias y otros recursos para usar en esta unidad.

5

**Lección**

# Ir a la escuela

1. número de la lección
2. título
3. palabra nueva

**Idea principal**
La escuela es un lugar para aprender y compartir.

**Vocabulario**
aprender
compartir

Nuestra escuela es donde aprendemos. Cuando **aprendemos**, descubrimos algo nuevo. Leemos en la escuela para aprender. Escribimos, dibujamos y también contamos historias.

Nuestra escuela es donde compartimos.
**Compartimos** lo que sabemos y lo que somos.

4. foto

5. pregunta

**LECCIÓN 1 Repaso**

① **Vocabulario**  ¿Qué quieres **aprender** en la escuela?

② ¿Qué te dicen las fotos sobre cómo los niños aprenden en este salón de clases?

③ Dibuja algo que hayas hecho hoy en la escuela.

**Destrezas LECTURA**

# Hallar la idea principal

**Vocabulario**
idea principal
detalle

## ▶ Por qué es importante

La **idea principal** te dice de qué trata lo que estás leyendo.

## ▶ Qué necesitas saber

Un párrafo tiene una idea principal y también tiene oraciones con detalles. Un **detalle** da más información y ayuda a explicar la idea principal.

## ▶ Practica la destreza

1. Lee el párrafo de la página 9. ¿Cuál es la idea principal?
2. Nombra uno de los detalles del párrafo.

Reloj braille

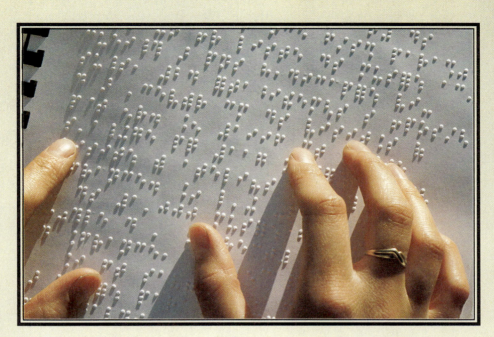

## Braille

Las personas que no pueden ver usan el alfabeto Braille para leer y escribir. Grupos de puntos pequeños y en relieve representan letras en el alfabeto. Otros grupos de puntos representan números. Las letras punteadas deletrean palabras. Los ciegos leen las palabras deslizando sus dedos por los puntos. ■

### ▶ Aplica lo que aprendiste

Lee un artículo de una revista para niños. Busca ideas principales y detalles.

## Lección 2

# Reglas en la escuela

**Idea principal**
Las buenas reglas son justas y ayudan a las personas a trabajar juntas.

**Vocabulario**
regla
justo

Tenemos reglas en nuestro salón de clases. Una **regla** te dice lo que debes o no debes hacer. Las reglas nos ayudan a trabajar y jugar manteniéndonos fuera de peligro.

Las reglas nos ayudan a escuchar, compartir y trabajar juntos de una manera justa. **Justo** significa actuar de una manera correcta y honesta.

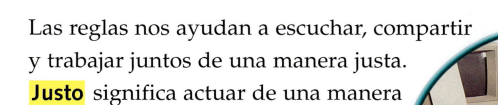

Sigue las reglas.

**LECCIÓN 2 Repaso**

① **Vocabulario** ¿Cómo nos ayudan las **reglas** a ser **justos**?

② Explica por qué necesitamos reglas en la escuela.

③ Elige una regla escolar y dibuja a unos niños siguiendo esa regla.

# Destrezas Civismo

# Trabajar juntos

**Vocabulario**
grupo

## ▶ Por qué es importante

En la escuela, quizás los niños trabajen solos o con otros en un **grupo**. Las personas en un grupo necesitan saber cómo trabajar juntas.

## ▶ Qué necesitas saber

Estos pasos ayudan a los miembros de un grupo a trabajar juntos.

**Paso 1** Planeen juntos.

**Paso 2** Actúen juntos.

**Paso 3** Piensen en lo bien que trabajó su grupo.

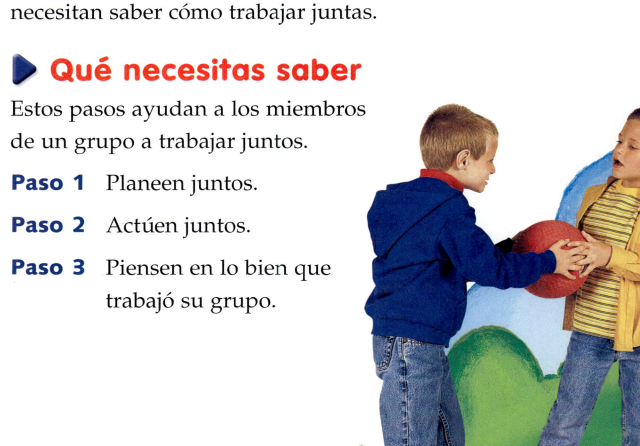

## ▶ Practica la destreza

1. Estudia la ilustración.
2. Trabaja en un grupo para escribir reglas que puedan usar los niños en este patio de recreo.

## ▶ Aplica lo que aprendiste

Trabaja con familiares para planear una actividad. Usa los pasos que aprendiste.

DESTREZAS DE CIVISMO

**Lección 3**

# Trabajadores escolares

**Idea principal**
Hay muchos trabajadores en una escuela.

**Vocabulario**
maestro
director

Una escuela tiene muchos trabajadores. Aprendemos con la ayuda de nuestro **maestro**. El **director** ayuda a que nuestra escuela sea un lugar seguro.

maestro

directora

. BIOGRAFÍA .

**Mary McLeod Bethune**
1875–1955

**Rasgo de personalidad: Perseverancia**

Cuando Mary McLeod Bethune era joven, había muy pocas escuelas para niños afroamericanos. Cuando descubrió que había una, trabajó arduamente y se hizo maestra. Más tarde inició una escuela y una universidad a las que los afroamericanos podrían asistir para educarse.

**BIOGRAFÍAS EN MULTIMEDIA**
Visita The Learning Site en
**www.harcourtschool.com/biographies**
para conocer otros personajes famosos.

15

¿Cómo ayudan estos trabajadores escolares?

enfermero

conserje

asistente del maestro

16

bibliotecaria

servidora

### LECCIÓN 3
### Repaso

**1** **Vocabulario** ¿Cómo ayuda un **maestro** a los niños?

**2** ¿Cómo ayudas en la escuela?

**3** Haz una lista de personas que ayudan en tu escuela. Escribe una tarjeta de agradecimiento para un trabajador de tu lista.

## Lección 4

### ¿Dónde estás?

**Idea principal**
Tú puedes describir una ubicación.

**Vocabulario**
ubicación

La **ubicación** de un lugar es donde está el lugar. La ilustración muestra dónde están los salones en esta escuela. Describe la ubicación de cada salón. Usa palabras como al lado de, junto a y frente de.

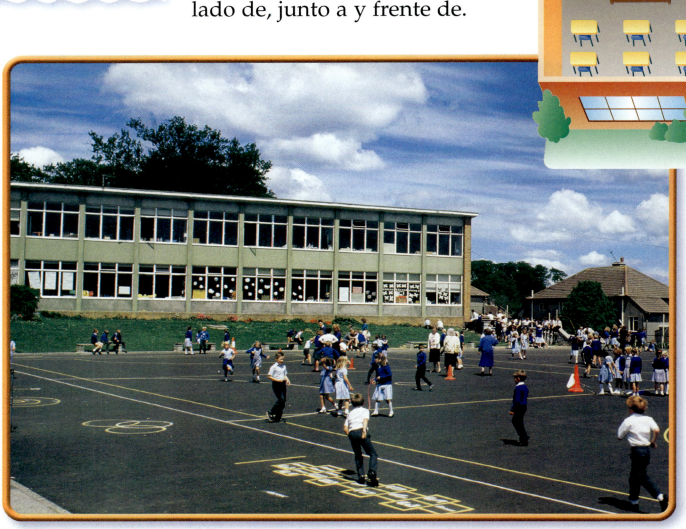

18

 ¿Qué salón está entre el salón de música y el gimnasio?

### LECCIÓN 4 Repaso

1. **Vocabulario** Describe la **ubicación** del salón de música.

2. ¿En qué se parece esta escuela a la tuya?

3. Imagínate que estás ayudando a un niño que es nuevo en la escuela. Describe la ubicación de los salones que necesitará encontrar.

# Destrezas
MAPAS Y GLOBOS TERRÁQUEOS

# Observar los mapas

| Vocabulario |
|---|
| mapa    símbolo |

## ▶ Por qué es importante

Un **mapa** es un dibujo que muestra dónde están los lugares. Los mapas te ayudan a hallar lugares.

## ▶ Qué necesitas saber

Los cartógrafos usan **símbolos** o dibujos para representar cosas reales.

patio de recreo

salón de música

cafetería

gimnasio

salón de clases

oficina

biblioteca

## ▶ Practica la destreza

1. Observa el mapa. ¿Dónde está el patio de recreo? ¿Cómo lo sabes?

2. ¿Qué salones están al lado de la cafetería?

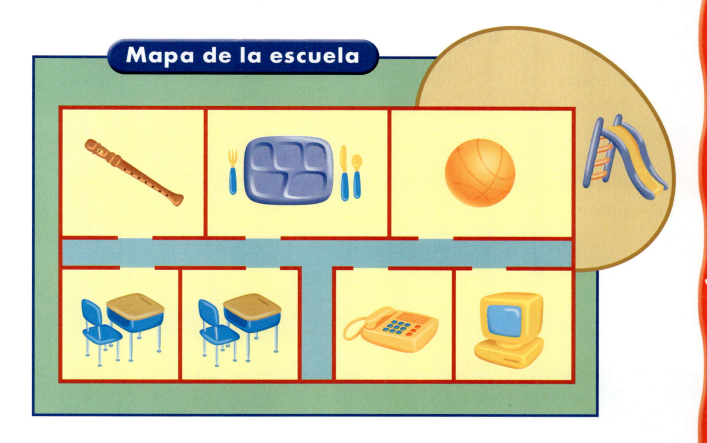

Mapa de la escuela

## ▶ Aplica lo que aprendiste

Usa símbolos para hacer un mapa de tu salón de clases.

Practica tus destrezas con mapas y globos terráqueos con el **CD ROM GeoSkills**.

## Lección 5

### Las escuelas del pasado y las de hoy

**Idea principal**
Las escuelas del pasado tenían cosas parecidas y diferentes a las de hoy.

**Vocabulario**
herramienta

### Antiguamente

Hace mucho tiempo, algunos niños aprendían en su casa. Otros iban a escuelas con un solo salón donde niños de todas las edades aprendían juntos.

22

## Actualmente

Algunas cosas no han cambiado. Los niños aún pueden aprender en casa o en salones de clases con niños de otras edades. Algunas cosas son diferentes. Hoy en día hay muchos tipos de escuelas.

Escuela hebrea

Escuela especial

Escuela en el hogar

Clase para niños de varias edades

23

# Antiguamente

Una herramienta es algo que usan las personas. Algunas herramientas se usan para aprender. En el pasado, los niños tenían pocas herramientas.

24

**DATOS BREVES** El ábaco es una herramienta muy antigua que se usaba para contar. Hoy la mayoría de las personas usan calculadoras, pero algunas todavía usan ábacos.

# Actualmente

Hoy en día los niños usan muchas herramientas para aprender.

26

### LECCIÓN 5
### Repaso

1. **Vocabulario** ¿Qué **herramientas** usas en la escuela?

2. ¿En qué son diferentes las escuelas del pasado?

3. Escribe tres oraciones que describan tu escuela.

27

# Destrezas
## TABLAS Y GRÁFICAS

# Agrupar cosas

**Vocabulario**
tabla

## ▶ Por qué es importante

Agrupar cosas te ayuda a ver en qué se parecen y en qué se diferencian.

## ▶ Qué necesitas saber

Una **tabla** es un cuadro que muestra cosas en grupos. Los títulos te dicen lo que hay en cada grupo.

## ▶ Practica la destreza

1. Observa la tabla. ¿Qué lado muestra herramientas del pasado? ¿Qué lado muestra herramientas de hoy?

2. ¿Con qué escribían los niños en el pasado? ¿Qué usan hoy?

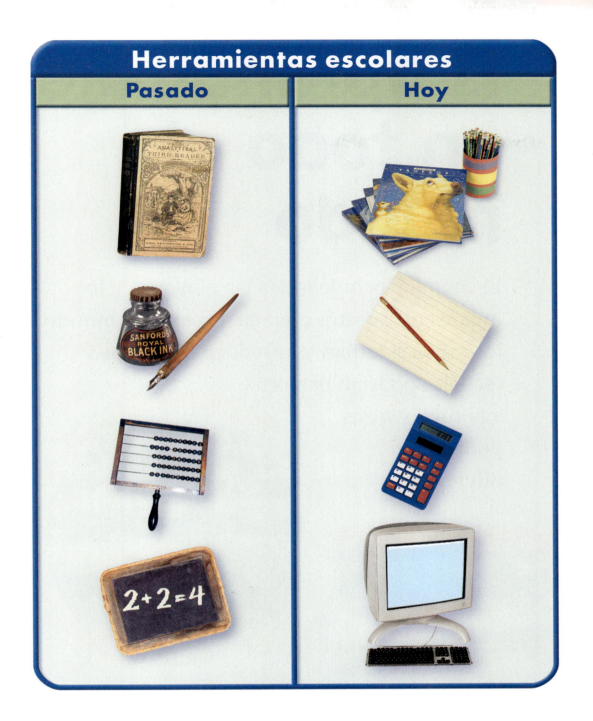

## Aplica lo que aprendiste

Haz una tabla que muestre herramientas de lectura y de escritura. Usa las herramientas bajo la columna Hoy de la tabla en esta página, para hacer tu nueva tabla.

## Lección 6

### Idea principal
Las escuelas de todo el mundo tienen muchas cosas parecidas.

**Vocabulario**
mundo

# El aprendizaje en todo el mundo

El **mundo** incluye todas las personas y los lugares de nuestro planeta. En todo el mundo los niños estudian y aprenden. Algunas escuelas podrían parecerse a la tuya y otras podrían ser diferentes.

México

Alemania

• CIENCIAS Y TECNOLOGÍA •

## Internet

Las personas usan Internet para aprender y compartir. Con esta herramienta puedes hallar información sobre muchas cosas. Puedes ver el arte de un museo muy lejano. Hasta puedes enviar mensajes a todas partes del mundo.

Togo

Brasil

31

También aprendemos fuera del salón de clases. ¿Cómo aprenden estos niños?

**Venezuela**

Japón

Egipto

32

Italia

### LECCIÓN 6
### Repaso

1. **Vocabulario** ¿Qué es el **mundo**?

2. ¿En qué se parece la forma en que estos niños aprenden a la forma en que tú aprendes?

3. Escribe una carta contándole a alguien que está muy lejos cómo es tu escuela.

33

# VISITA

## Una escuela para bomberos

**Prepárate**

Hay muchos tipos de escuelas. En una escuela para bomberos, las personas aprenden a combatir incendios y mantener a otros fuera de peligro. También aprenden a trabajar juntos en equipo.

**Observa**

Los estudiantes se ayudan para usar una manguera de incendios.

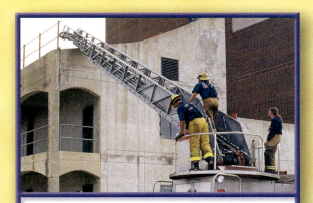
Los estudiantes practican usando una escalera.

Hay mucho que aprender sobre el camión de bomberos.

La manguera se conecta a la toma de agua.

Los estudiantes estudian reglas de seguridad contra incendios.

## Excursión

**UN PASEO VIRTUAL**
Visita The Learning Site en
www.harcourtschool.com/tours
para recorrer virtualmente otros tipos de escuela.

**UN PASEO AUDIOVISUAL**
Busca un vídeo sobre el tema en el Centro de Multimedia o en la biblioteca del salón de clases.

35

# Unidad 1
# Repaso y preparación para la prueba

**Resumen visual**

Completa la tabla para demostrar en qué se parecen y en qué se diferencian las escuelas.

| Las escuelas ||
|---|---|
| Parecidas | Diferentes |
| Las escuelas tienen maestros. | Las escuelas tienen tamaños diferentes. |
| Todos usan herramientas para aprender. | Hay computadoras en algunos salones de clases. |
|  |  |
|  |  |

**Piensa y escribe**

**Toma una decisión** Elige una herramienta que usas todos los días en tu escuela.

**Escribe un rótulo** Escribe el nombre de la herramienta. Indica cómo se usa.

## Usa el vocabulario

Escribe la palabra que va con cada definición.

1. número de personas que trabajan juntas
2. el líder de una escuela
3. instrucción que te dice lo que debes hacer
4. persona que nos ayuda a aprender
5. descubrir algo nuevo

> aprender (pág. 6)
> regla (pág. 10)
> grupo (pág. 12)
> maestro(a) (pág. 14)
> director(a) (pág. 14)

## Recuerda los datos

6. Menciona una regla escolar que les ayude a los niños a ser justos.
7. ¿Qué herramientas te ayudan a aprender?
8. Menciona dos maneras en que las escuelas de hoy en día son diferentes a las escuelas de hace mucho tiempo.
9. ¿Cuál de los siguientes trabajadores escolares te ayuda a encontrar un libro?
   A enfermero(a)
   B bibliotecario(a)
   C conserje
   D servidora
10. ¿Cuál de los siguientes es un buen símbolo para una cafetería?

    F
    G
    H
    J

**Piensa críticamente**

11. ¿Qué puede ocurrir cuando las personas no siguen las reglas?

12. ¿Cuál es la diferencia entre trabajar en grupo y trabajar solo?

**Aplica tus destrezas con tablas y gráficas**

| Reglas ||
|---|---|
| **Reglas escolares** | **Reglas hogareñas** |
| Levantar la mano | Hacer la cama |
| Hacer cola | Alimentar a los pececitos |
| Colgar la mochila | Mantener el dormitorio limpio |

13. ¿Cuál es el título de esta tabla?

14. ¿Cuál lado muestra reglas en la escuela? ¿Cuál lado muestra reglas en el hogar?

15. ¿**Alimentar a los pececitos** es una regla escolar o una regla hogareña?

16. ¿En cuál lado de la tabla debe ir la regla **Túrnense**?

38

## Aplica tus destrezas con mapas y globos terráqueos

Estudia estos símbolos.

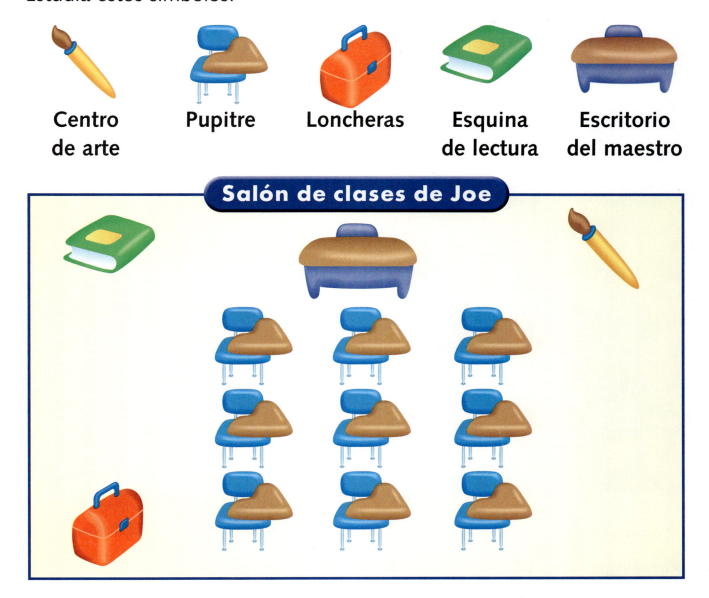

17 ¿Qué muestra este mapa?

18 ¿Cuál es el símbolo para la esquina de lectura?

19 ¿Qué significa el símbolo del pincel?

20 ¿Qué hay entre el centro de arte y la esquina de lectura?

39

# Actividades de la unidad

**Completa el proyecto de la unidad** Trabaja con tu grupo para completar el proyecto de la unidad. Decide lo que quieren mostrar en su libro de recortes. Haz una portada.

Visita The Learning Site en www.harcourtschool.com/social studies/activities donde encontrarás más actividades.

## Elige un lugar

Elige uno de estos lugares de tu escuela. Dibújalo.

- salón de clases
- cafetería
- biblioteca

## Empareja trabajadores y herramientas

Haz dibujos de trabajadores escolares. Busca o dibuja las herramientas que usan. Empareja a los trabajadores con sus herramientas.

## Consulta la biblioteca

 **Get Up and Go!** por Stuart J. Murphy. Sigue a una jovencita mientras se prepara en la mañana para ir a la escuela.

**First Day, Hooray!** por Nancy Poydar.  Trabajadores y estudiantes se preparan para el primer día de escuela.

 **A School Album** por Peter y Connie Roop. Mira en qué se parecen y en qué se diferencian las escuelas del pasado de las de hoy.

# Buenos ciudadanos

Adorno de un avión, 1915

# Unidad 2

# Buenos ciudadanos

"Juro lealtad a mi bandera".
— Francis Bellamy, en la revista *Youth's Companion*,
8 de septiembre de 1892

## Presentación del contenido

Haz una tabla para mostrar lo que sabes y lo que quieres saber acerca de ser un buen ciudadano. Al final de esta unidad, termina la tabla con lo que aprendiste.

| Tabla de S-QS-A |||
|---|---|---|
| Sé | Quiero saber | Aprendí |
|   |   |   |

41

# Presentación del vocabulario

**ley** Regla que deben seguir las personas de una comunidad. (pág. 46)

**país** Un área de tierra con sus propias personas y leyes. (pág. 52)

**estado** Parte de un país. (pág. 52)

¡Siéntete orgulloso de tu país!

**presidente** Líder del gobierno de Estados Unidos. (pág. 54)

**bandera** Tela con un diseño especial que representa un país o un grupo. (pág. 62)

**ciudadano** Persona que vive y pertenece a una comunidad. (pág. 68)

# América

**por Samuel F. Smith
ilustrado por Erika LeBarre**

Mi país, es a ti,
linda tierra de libertad,
a quien le canto.
Tierra donde murieron
mis padres,
tierra del orgullo de los
peregrinos.
¡Que la libertad retumbe
desde todas las montañas!

Mi país natal,
tierra de los nobles libres
y cuyo nombre adoro.
Amo sus rocas y riachuelos,
sus bosques y sus colinas templadas.
Mi corazón se llena de embeleso
como antes ya lo expreso.

## Piénsalo

1. ¿Qué es lo que cuenta el autor de América?
2. ¿Cómo te hace sentir la canción?

### Lee un libro

### Comienza el proyecto de la unidad

**Un móvil** Tu clase va a hacer un móvil que muestre a personas actuando como buenos ciudadanos. Al leer esta unidad, piensa en cómo mostramos orgullo por nuestra comunidad, estado y país.

### Usa la tecnología

**APRENDE en línea** Visita The Learning Site en www.harcourtschool.com/socialstudies para obtener actividades adicionales, fuentes primarias y otros recursos para usar en esta unidad.

45

**Lección 1**

# Reglas y leyes

**Idea principal**
Las comunidades tienen reglas llamadas leyes.

**Vocabulario**
ley
comunidad

Una comunidad tiene reglas llamadas leyes. Una **ley** es una regla que deben seguir las personas de una comunidad. Una **comunidad** es un grupo de personas que viven o trabajan juntas. También es el lugar donde viven esas personas.

46

Los oficiales de policía trabajan para mantener a las personas fuera de peligro. Se aseguran de que se obedezcan las leyes.

### LECCIÓN 1
### Repaso

1. **Vocabulario** ¿Por qué necesitan **leyes** las **comunidades**?

2. ¿En qué se parecen las reglas y las leyes? ¿En qué se diferencian?

3. Haz un letrero para una ley en tu comunidad que ayude a mantener a las personas fuera de peligro.

**Lección 2**

# ¿Quiénes son nuestros líderes?

**Idea principal**
Los líderes ayudan a las personas a seguir las reglas y las leyes.

**Vocabulario**
líder
alcalde
ciudad
gobernador
gobierno

Tú perteneces a muchos grupos. Eres miembro de una familia, de una clase y de una escuela. La mayoría de los grupos tiene líderes. Un **líder** está encargado de ayudar a un grupo de personas a seguir las reglas.

Las comunidades también tienen líderes. Un **alcalde** es el líder de una ciudad o un pueblo. Una **ciudad** es una comunidad grande y activa. El alcalde trabaja con otros líderes para lograr que una comunidad sea un buen lugar para vivir.

Stephen Luecke, alcalde de South Bend, Indiana

Un **gobernador** también es un líder. El gobernador trabaja para muchas comunidades. Los alcaldes y gobernadores forman parte del gobierno. El **gobierno** es un grupo de personas que hacen las leyes. Los trabajadores del gobierno también hacen otras tareas, como reparar carreteras, mantener los parques en buenas condiciones y ayudar en caso de incendios.

Colabora con tus líderes.

### LECCIÓN 2 Repaso

1. **Vocabulario** ¿Qué hacen los **líderes**?
2. ¿Cómo puedes ayudar a los líderes de la escuela y de la comunidad?
3. Imagínate que eres el líder de un grupo. Di cómo ayudarías a los miembros del grupo.

# Hallar estados en un mapa

| Vocabulario | | |
|---|---|---|
| país | estado | frontera |

## ▶ Por qué es importante

Un **país** es un área de tierra con sus propias personas y leyes. Estados Unidos de América es nuestro país. Está formado por 50 estados. Un **estado** es una parte de nuestro país.

## ▶ Qué necesitas saber

En un mapa, las líneas llamadas fronteras separan los estados y países. Una **frontera** muestra dónde termina un estado o país. Canadá y México tienen fronteras que limitan con Estados Unidos.

## ▶ Practica la destreza

1. ¿Qué estado comparte una frontera con Maine?

2. Ubica tu estado. Nombra un estado que esté cerca del tuyo.

3. ¿Cuántos estados limitan con Virginia?

## ▶ Aplica lo que aprendiste

Lista los estados que limiten con Canadá o México.

 Practica tus destrezas con mapas y globos terráqueos con el **CD ROM GeoSkills**.

**53**

**Lección 3**

**Idea principal**
El presidente es el líder de nuestro país.

**Vocabulario**
presidente

# El presidente de nuestro país

El **presidente** es el líder de nuestro país. Trabaja con otros líderes del gobierno para decidir nuestras leyes.

La mayor parte del trabajo del presidente se hace en la Casa Blanca. La Casa Blanca también es la casa del presidente.

El presidente se reúne con personas y líderes de nuestro país. También visita a los líderes de otros países.

**La Casa Blanca**

55

George Washington fue el primer presidente de Estados Unidos de América. Él no vivió en la Casa Blanca, pero ayudó a decidir dónde construirla.

George Washington fue la primera persona en firmar la Constitución de Estados Unidos. La Constitución es el plan del gobierno de nuestro país. Hoy en día, nuestro país aún sigue este plan.

**La Constitución de Estados Unidos de América**

· BIOGRAFÍA ·

## Thomas Jefferson
1743–1826

**Rasgo de personalidad: Responsabilidad**

Thomas Jefferson fue el tercer presidente de nuestro país. Ayudó a escribir la Declaración de la Independencia en 1776, la cual dio inicio a Estados Unidos.

**BIOGRAFÍAS EN MULTIMEDIA**
Visita The Learning Site en **www.harcourtschool.com/biographies** para conocer otros personajes famosos.

La Constitución dice que los estadounidenses pueden elegir quién será el presidente. Nuestro país ha tenido 43 presidentes.

### LECCIÓN 3
### Repaso

1. **Vocabulario** ¿Quién es el **presidente** de nuestro país?

2. ¿Qué características hacen que una persona sea un buen presidente?

3. Dibuja y escribe para mostrar algo que sepas sobre nuestro presidente.

## Destrezas CIVISMO

# Votar para tomar decisiones

**Vocabulario**
voto
boleta electoral

### ▶ Por qué es importante

Los estadounidenses votan por muchos líderes del gobierno. Cuando **votas**, tomas una decisión. Los estadounidenses también votan para tomar decisiones sobre las leyes.

### ▶ Qué necesitas saber

Los estadounidenses usan una **boleta electoral** para votar. Una boleta electoral es una hoja que muestra todas las opciones. En ella, marcas tu selección. Cuando se termina el tiempo de la votación, se cuentan los votos para cada opción. Gana la opción que haya recibido más votos.

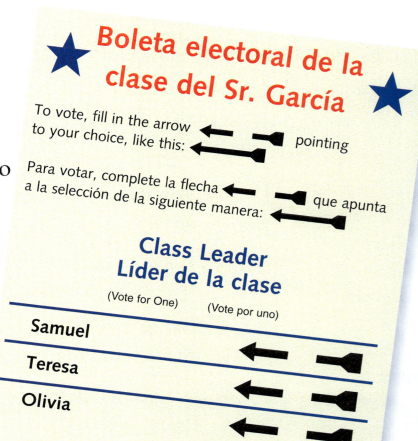

Boleta electoral de la clase del Sr. García

To vote, fill in the arrow to your choice, like this: pointing

Para votar, complete la flecha a la selección de la siguiente manera: que apunta

**Class Leader**
**Líder de la clase**
(Vote for One)   (Vote por uno)

Samuel
Teresa
Olivia

## Practica la destreza

1. La clase del Sr. García usó boletas electorales para votar por el líder de la clase. Las opciones eran Samuel, Teresa y Olivia. Se contaron los votos. Observa la tabla para ver quién obtuvo la mayoría de votos.

2. ¿Quién será el líder de la clase?

## Aplica lo que aprendiste

Hagan una votación en la clase. Haz una lista de los libros que le gustaría leer a tu clase. Haz una boleta electoral que muestre todas las opciones. Cuenta los votos para cada libro. Muéstralos en una tabla. ¿Qué libro prefiere leer tu clase?

**Lección 4**

# Los símbolos de Estados Unidos

**Idea principal**
Los símbolos nos recuerdan que debemos mostrar respeto por nuestro país.

**Vocabulario**
bandera

Estados Unidos de América tiene símbolos que nos recuerdan a personas y eventos importantes. Algunos de estos símbolos son lugares que podemos visitar.

Águila calva

El Capitolio

**DATOS BREVES** Un líder llamado Benjamin Franklin quería que el pavo fuera un símbolo de Estados Unidos. Pero, en su lugar, se eligió el águila calva.

Monte Rushmore

El Álamo

Monumento a Washington

Campana de la Libertad

Estatua de la Libertad

# VISITA

## Cómo las comunidades honran a sus ciudadanos

**Prepárate**

Muchas comunidades honran a las personas que han hecho algo especial. Quizá le pongan el nombre de esa persona a una calle, un parque o un edificio.

**Observa**

Esta escuela le debe su nombre a la poeta Gwendolyn Brooks. Ella escribió poemas sobre las personas de su barrio.

Monte Rushmore

El Álamo

Monumento a Washington

Campana de la Libertad

Estatua de la Libertad

61

Nuestra **bandera** es un símbolo de nuestro país. Sus colores son rojo, blanco y azul. Cada estrella representa un estado de nuestro país. Las franjas representan los primeros 13 estados de Estados Unidos. Cuando decimos el Juramento a la bandera, mostramos que nos importa nuestro país.

## Juramento a la bandera

Juro lealtad a la bandera de Estados Unidos de América y a la república que representa, una nación bajo la protección de Dios, indivisible, con libertad y justicia para todos.

Cada estado tiene su propia bandera.

Algunos estados tienen juramentos a sus banderas.

**Honro la bandera de Texas; prometo fidelidad a ti, Texas, una sola e indivisible.**

**Saludo la bandera de Arkansas con su diamante y sus estrellas. Te prometemos fidelidad.**

**63**

Nuestro país tiene el lema o dicho "creemos en Dios". Los estados también tienen lemas.

**Pennsylvania**

Virtud, libertad e independencia

**Texas**

Amistad

**Indiana**

La encrucijada de América

• PATRIMONIO CULTURAL •

### Patrimonio cultural

El estado de Washington debe su nombre a George Washington, el primer presidente de Estados Unidos. Es el único estado que lleva el nombre de un presidente.

64

Podemos cantar canciones que muestren nuestro orgullo por nuestro país y nuestro estado.

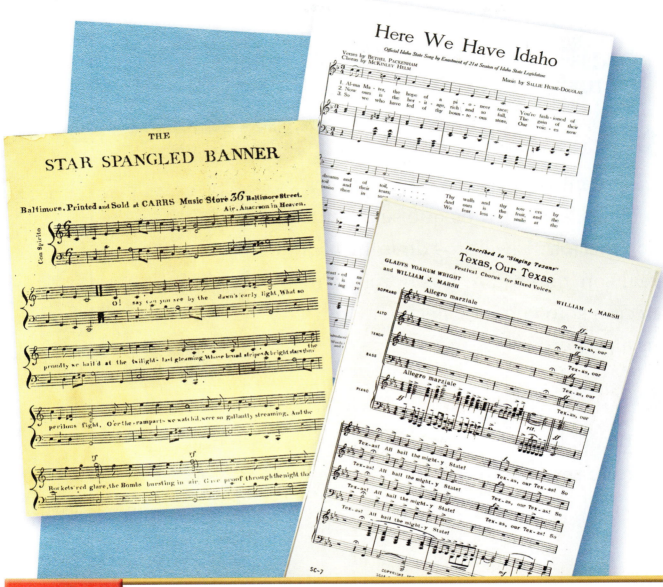

## LECCIÓN 4 Repaso

1. **Vocabulario** Explica cómo la **bandera** es un símbolo para nuestro país.

2. ¿Crees que los símbolos son importantes? ¿Por qué?

3. Haz un cartel que muestre los símbolos de tu estado.

**Destrezas de LECTURA**

# Ficción o no ficción

**Vocabulario**
ficción
no ficción
hecho

## ▶ Por qué es importante

Los cuentos pueden ser inventados o reales. Los cuentos que se inventan son **ficción**. Los libros de información real son **no ficción**. Los libros de no ficción solo cuentan **hechos**. Un hecho es algo verdadero.

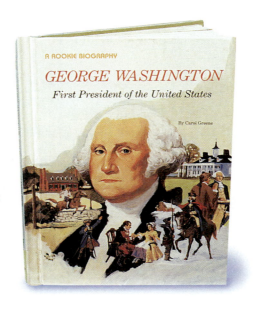

## ▶ Qué necesitas saber

El título, las ilustraciones y las palabras de un libro te permiten saber si es ficción o no ficción.

## Practica la destreza

1. Observa los libros.
2. ¿Qué libro crees que es ficción? ¿Por qué?
3. ¿Qué libro crees que cuenta más hechos? ¿Por qué?

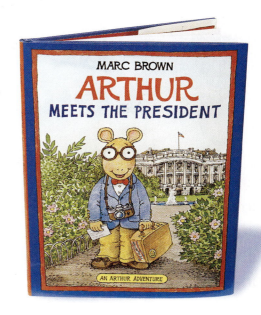

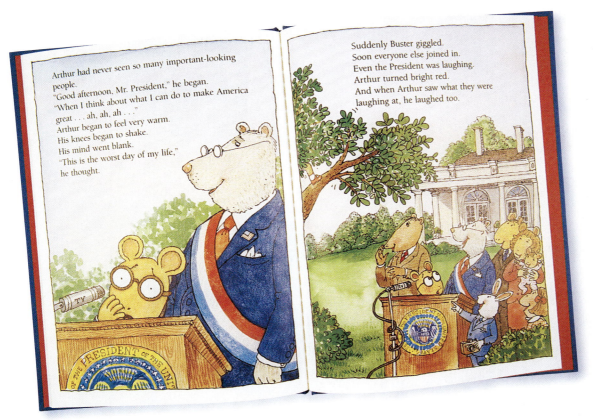

## Aplica lo que aprendiste

Elige un libro y observa la portada y las ilustraciones. ¿Crees que el libro es de ficción o no ficción? ¿Cómo lo sabes?

## Lección 5

### Reseñas de buenos ciudadanos

**Idea principal**
Los buenos ciudadanos ayudan a otras personas.

**Vocabulario**
ciudadano

Un **ciudadano** es una persona que vive en y pertenece a una comunidad. Los buenos ciudadanos ayudan a las personas. Lee sobre cómo estos buenos ciudadanos ayudaron a otros.

## Patriotismo

**Nathan Hale**
1755–1776
**Rasgo de personalidad: Patriotismo**

Nathan Hale mostró gran patriotismo, o sea, amor por su país. Fue un líder que ayudó a los americanos a liberarse del país de Inglaterra.

# Responsabilidad

### Sam Houston
### 1793–1863
**Rasgo de personalidad: Responsabilidad**

Cuando Sam Houston se mudó a Texas, éste le pertenecía a México. Él ayudó a los americanos que vivían allí a luchar por liberarse de México. También trabajó para que Texas fuera parte de Estados Unidos.

# Compasión

### Clara Barton
### 1821–1912
**Rasgo de personalidad: Compasión**

Clara Barton fundó la Cruz Roja Americana. La Cruz Roja es un grupo que ayuda cuando algo malo sucede, como una inundación. Les da a las personas alimento, ropa, medicinas y refugio.

# Justicia

### Eleanor Roosevelt
### 1884–1962
### Rasgo de personalidad: Justicia

Eleanor Roosevelt creía que se debía tratar de manera justa a todo el mundo. Trabajó con líderes de otros países para ayudar a las personas de todo el mundo a tener una mejor vida.

# Creatividad

### Stephanie Kwolek
### nacida en 1923
### Rasgo de personalidad: Creatividad

Stephanie Kwolek creó una tela nueva importante. Este material es ligero, pero más fuerte que el acero. Se usa en los chalecos especiales que llevan los oficiales de policía. Su descubrimiento ha ayudado a salvar muchas vidas.

# Civismo

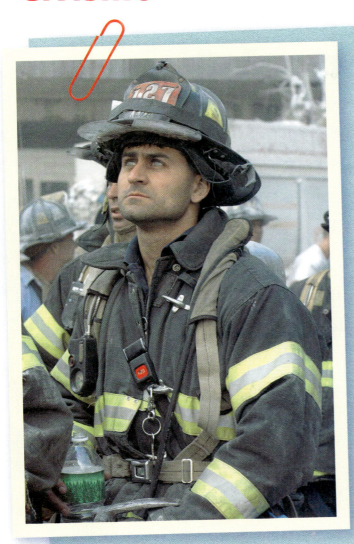

## Los bomberos
**Rasgo de personalidad: Civismo**

Algunos ciudadanos tienen trabajos peligrosos. Cuando a los bomberos se les llama a trabajar, hacen todo lo posible por ayudar a las personas. Incluso renuncian a su propia seguridad.

**Muchos bomberos perdieron la vida cuando los edificios de la ciudad de New York fueron atacados el 11 de septiembre del 2001.**

## LECCIÓN 5 Repaso

1. **Vocabulario** ¿Cómo las personas pueden ser buenos **ciudadanos**?

2. ¿Cuáles son algunos rasgos de personalidad de los buenos ciudadanos?

3. Piensa en un buen ciudadano que conozcas. Cuéntale a la clase sobre él o ella.

71

**Lección 6**

# Derechos y responsabilidades

**Idea principal**
Los ciudadanos tienen derechos y responsabilidades.

**Vocabulario**
derecho
responsabilidad

Los ciudadanos de nuestro país tienen derechos especiales. Un **derecho** es algo que las personas son libres de hacer. Pueden elegir a sus líderes. Pueden pertenecer a grupos. Pueden vivir donde quieran.

**Libertad de culto**

**Libertad de expresión**

72

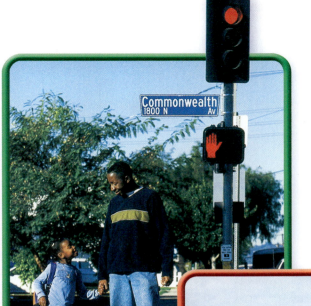

Cuando las personas tienen derechos, también tienen responsabilidades. Una **responsabilidad** es algo que debes cuidar o hacer. Obedecer las leyes es una responsabilidad. Esto mantiene segura a la comunidad.

## LECCIÓN 6
### Repaso

① **Vocabulario** ¿Cuál es un **derecho** que tienen los americanos?

② ¿Qué responsabilidades tienes en la escuela?

③ Haz un dibujo que muestre una responsabilidad que tengas en la casa.

# Cómo las comunidades honran a sus ciudadanos

### Prepárate

Muchas comunidades honran a las personas que han hecho algo especial. Quizá le pongan el nombre de esa persona a una calle, un parque o un edificio.

### Observa

Esta escuela le debe su nombre a la poeta Gwendolyn Brooks. Ella escribió poemas sobre las personas de su barrio.

74

Este mural es sobre el trabajo del arquitecto Daniel Burnham. Él planificó parques y edificios que daban un toque especial a las ciudades.

El parque Louis Pasteur le debe su nombre a un científico. Pasteur encontró la manera de matar los gérmenes en los alimentos que comemos.

## Excursión

**UN PASEO VIRTUAL**
Visita The Learning Site en **www.harcourtschool.com/tours** para recorrer virtualmente otros monumentos.

**UN PASEO AUDIOVISUAL**
Busca un vídeo sobre el tema en el Centro de Multimedia o en la biblioteca del salón de clases.

75

# Unidad 2
# Repaso y preparación para la prueba

**Resumen visual**

Completa la tabla para demostrar que has aprendido sobre cómo ser un buen ciudadano.

### Tabla de S-QS-A

| Sé | Quiero saber | Aprendí |
|---|---|---|
| Tenemos leyes. | ¿Todos tenemos que seguir las leyes? | |
| Tenemos un presidente. | ¿Quién es nuestro presidente? | |

## Piensa  escribe

**Explícalo** Piensa en los símbolos de nuestro país. Comenta sobre lo que significan estos símbolos.

**Escribe una oración** Escoge un símbolo. Escribe una oración que diga por qué es un buen símbolo para nuestro país.

## Usa el vocabulario

Escribe la palabra que va con cada ilustración.

ley (pág. 46)
país (pág. 52)
estado (pág. 52)
ciudadano (pág. 68)

## Recuerda los datos

5. ¿Qué es una ley?

6. Nombra líderes de tu comunidad y estado.

7. ¿En qué se diferencia un país de un estado?

8. ¿Quién fue el primer presidente de Estados Unidos?

9. ¿Cuál de los siguientes lugares es el hogar del presidente de Estados Unidos?
   A el Capitolio
   B el Monumento a Washington
   C el Álamo
   D la Casa Blanca

10. ¿Cuál de los siguientes te dice algo sobre los libros de no ficción?
    F no contar ningún hecho
    G no tener ilustraciones
    H tener información verdadera
    J tener historias inventadas

**Piensa críticamente**

11. ¿Cómo ayudan los líderes a los ciudadanos?

12. ¿Cuáles son algunas cosas que pueden hacer los buenos ciudadanos?

**Aplica tus destrezas con tablas y gráficas**

13. ¿Sobre qué están votando los estudiantes de la clase de la Sra. Johnson?

14. ¿Cuáles son las opciones?

15. ¿Cuántos votos tiene el museo?

16. ¿Cuál es la opción con más votos?

## Aplica tus destrezas con mapas y globos terráqueos

**Estados Unidos**

17 Busca Indiana. Nombra los estados que limitan con Indiana.

18 ¿Qué países limitan con Estados Unidos?

19 ¿Cuál estado está más cerca de Canadá: Montana o North Carolina?

20 ¿Cuál estado limita con Nebraska: Iowa o Texas?

**79**

# Actividades de la unidad

**APRENDE en línea**

Visita The Learning Site en www.harcourtschool.com/socialstudies/activities donde encontrarás más actividades.

**Completa el proyecto de la unidad** Trabaja con tu grupo para completar el proyecto de la unidad. Decide cómo mostrarán lo que hacen los buenos ciudadanos y lo que tiene de especial nuestro país.

## Escoge un líder

Dibuja uno de estos líderes. Escribe una oración que diga por qué él o ella es un buen líder. Agrega tu líder al móvil.
- maestro(a)
- director(a)
- entrenador(a)

## Símbolos americanos

Dibuja o busca ilustraciones de símbolos americanos. También puedes usar los símbolos de tu estado. Agrega los símbolos a tu móvil.

## Consulta la biblioteca

 **The Inside-Outside Book of Washington, D.C.** por Roxie Munro. Dale un vistazo a algunos de los edificios importantes de Washington, D.C.

**If I Were President** por Catherine Stier. Lee sobre lo que algunos niños harían si fueran el presidente de Estados Unidos.

 **The Flag We Love** por Pam Muñoz Ryan. Entérate de datos sobre la bandera de Estados Unidos.

80

# La tierra a mi alrededor

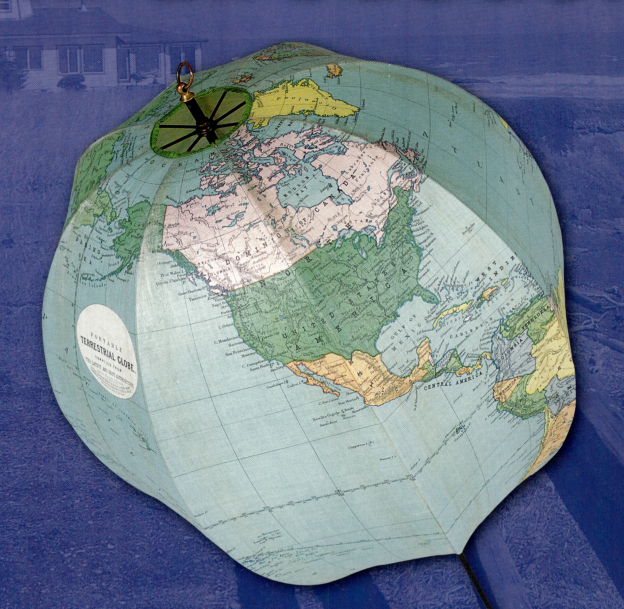

Globo terráqueo portátil

## Unidad 3

# La tierra a mi alrededor

❝Trata la tierra con cariño
Trata la tierra con cariño
Porque si se echa a perder
no se puede componer.
Trata la tierra con cariño❞.

— Canción yoruba (africana)

## Presentación del contenido

Haz una plantilla para mostrar algunos de los recursos naturales de nuestro mundo. Mientras lees esta unidad, agrega a la plantilla. Escribe lo que aprendes sobre el terreno, el agua y otros recursos de la Tierra.

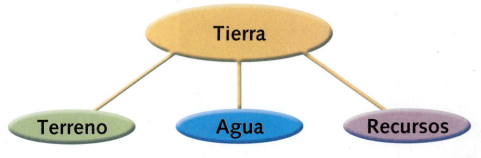

81

## Presentación del vocabulario

**barrio** Parte de una comunidad en la que vive un grupo de personas. (pág. 94)

**continente** Una de las siete áreas de terreno importantes sobre la Tierra. (pág. 105)

Compartimos nuestro mundo.

**océano** Masa de agua salada muy grande. (pág. 105)

**recurso** Cualquier cosa que las personas pueden usar. (pág. 108)

**tiempo** Cómo se siente el aire afuera. (pág. 112)

**COMIENZA con un CUENTO**

# Desde aquí hasta allá

por Margery Cuyler
ilustrado por Yu Cha Pak

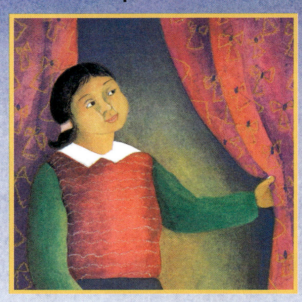

A menudo, las personas usan su **dirección** para decir dónde viven. En este libro, María describe dónde vive de una manera especial.

84

Mi nombre es María Mendoza. Vivo con mi papá, mi mamá, mi hermanito Tony, y mi hermana mayor, Angélica,

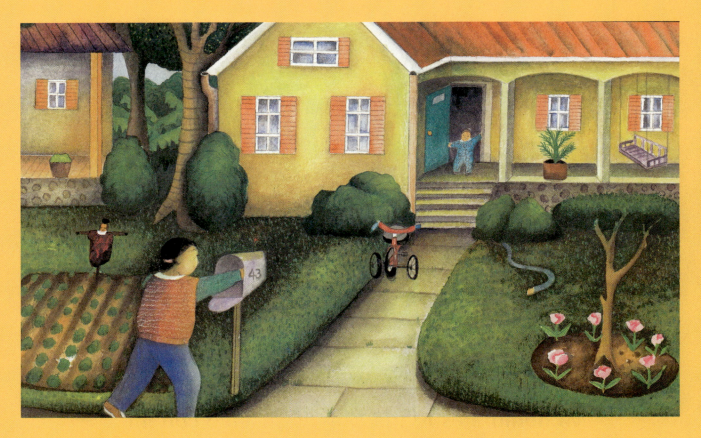

**en la casa 43 de la calle Juniper,**

**en el pueblo de Splendora,**

en el condado de Montgomery,

en el estado de Texas,

87

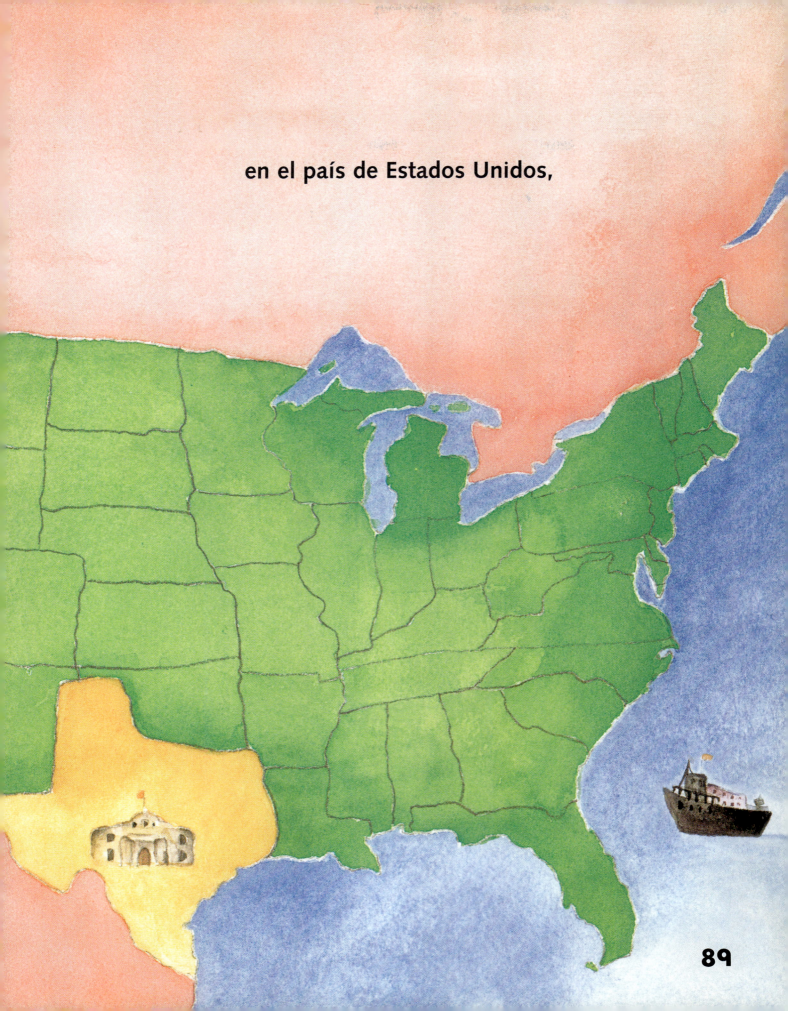

en el país de Estados Unidos,

en el continente de América del Norte,

en el hemisferio occidental,

en el planeta Tierra,
en el sistema solar,

en la Vía Láctea,
en el universo
y más allá.

Desde aquí hasta allá,
mi nombre es
María Mendoza.

## Piénsalo

1. ¿Cómo describe María donde vive?

2. Escribe tu dirección en un sobre.

### Lee un libro

### Comienza el proyecto de la unidad

**Un collage de la comunidad**
Tu clase hará un collage para mostrar los diferentes tipos de terreno, agua y recursos en y alrededor de tu comunidad. A medida que leas esta unidad, recuerda lo importante que son estas cosas para las personas.

### Usa la tecnología

Visita The Learning Site en **www.harcourtschool.com/ socialstudies** para obtener actividades adicionales, fuentes primarias y otros recursos para usar en esta unidad.

93

## Lección 1

# Un barrio

**Idea principal**
Las personas de un barrio comparten cosas.

**Vocabulario**
barrio

La ciudad de Houston no está muy lejos de Splendora, donde vive María. Houston es una comunidad grande con muchos barrios. Un **barrio** es la parte pequeña de una comunidad donde vive un grupo de personas. Las personas de un barrio comparten las mismas escuelas, bibliotecas y parques.

Observa esta foto aérea de un barrio de Houston.

94

**Éste es un mapa del mismo barrio.**

**GEOGRAFÍA TEMA** ¿Cómo se muestran los lugares en este mapa?

## LECCIÓN 1 Repaso

1. **Vocabulario** ¿Qué es un **barrio**?
2. ¿En qué se parecen una ilustración y un mapa? ¿En qué se diferencian?
3. Lista algunos lugares que comparten las personas en tu barrio.

95

**Destrezas**

MAPAS Y GLOBOS TERRÁQUEOS

# Usar una clave del mapa

**Vocabulario**
clave del mapa

### ▶ Por qué es importante

Los símbolos nos ayudan a hallar lugares en un mapa.

### ▶ Qué necesitas saber

Una **clave del mapa** lista los símbolos que se usan en un mapa. Te muestra lo que significan.

### ▶ Practica la destreza

1. ¿Cuál es el símbolo para el zoológico?
2. Busca la Universidad Rice. ¿En qué calle está ubicada?
3. ¿Qué está cerca del lago?

**Clave del mapa**

 Museo de los Niños

 Centro de la comunidad

 Campo de golf

 Museo de Ciencias Naturales de Houston

 Jardín japonés

 Universidad Rice

 Zoológico

 Calle

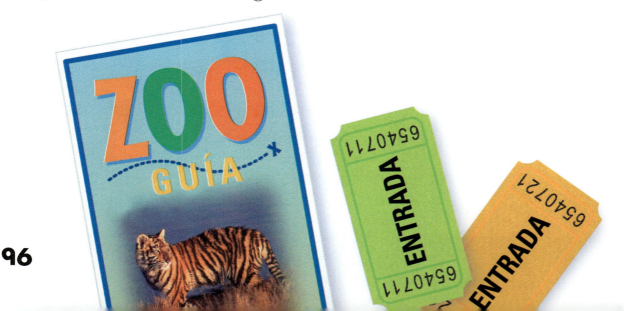

96

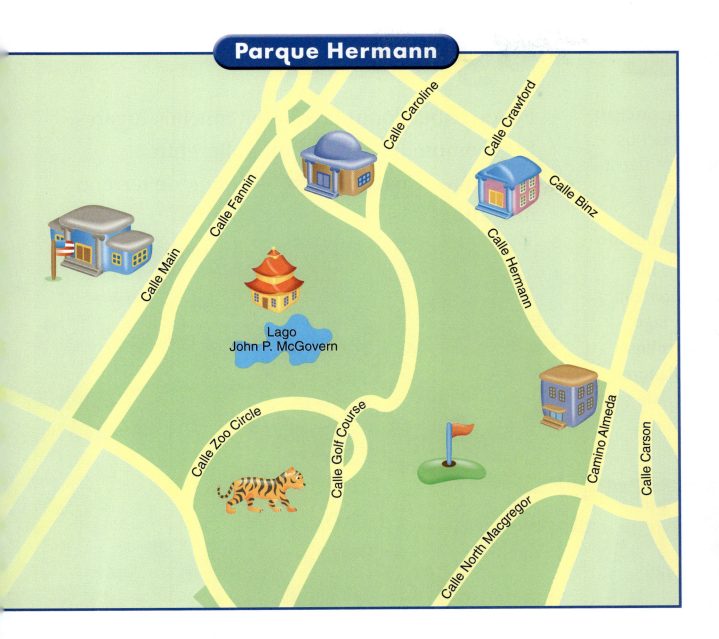

## Aplica lo que aprendiste

Haz un mapa de tu comunidad.
Usa símbolos y una clave del mapa.

 Practica tus destrezas con mapas y globos terráqueos con el **CD ROM GeoSkills.**

**Lección 2**

# La tierra y el agua

**Idea principal**
Hay muchos tipos de tierra y agua.

**Vocabulario**
valle
montaña
lago
colina
llanura
isla
río

Puede haber comunidades en muchos lugares. Esta comunidad está en un **valle** entre montañas. Una **montaña** es el tipo de terreno más alto.

Montañas Sawtooth

Querida tía Patty,
Lo estoy pasando muy bien en Sun Valley.
Cariños,
Tony

Visite Sun Valley, Idaho

98

Este barrio está al lado de un lago. El agua de un **lago** está rodeada de tierra. Los lagos pueden ser grandes o pequeños, llanos o profundos.

Lago Silver, Massachusetts

Hay otros tipos de tierra. Una **colina** es un terreno que se eleva sobre la tierra que la rodea. Las colinas no son tan altas como las montañas.

Las colinas de California

Una **llanura** es un terreno que es casi totalmente plano. El terreno en la mayor parte de las llanuras es bueno para sembrar alimentos.

Calle Main
Lawrence, Kansas

Las llanuras de Kansas

Una **isla** es tierra rodeada de agua.

Un **río** es una corriente de agua que corre por la tierra. El agua de algunos ríos fluye muy rápido.

### LECCIÓN 2 Repaso

1. **Vocabulario** ¿Qué diferencia hay entre una **montaña** y una **llanura**?
2. ¿Qué tipos de terreno y agua están cerca de tu comunidad?
3. Elige un tipo de terreno y un tipo de agua. Haz un dibujo de cada uno.

# Destrezas
### Mapas y globos terráqueos

# Hallar tierra y agua en un mapa

## ▶ Por qué es importante

Observar la tierra y el agua en los mapas te puede ayudar a imaginar cómo son los lugares.

## ▶ Qué necesitas saber

Texas es un estado grande. Tiene muchos tipos de tierra y agua. Colores diferentes muestran diferentes tipos de tierra y agua.

## ▶ Practica la destreza

1. ¿Cómo se muestran las llanuras en este mapa?
2. Nombra dos ríos de Texas.
3. ¿Qué ciudad se encuentra en las montañas?

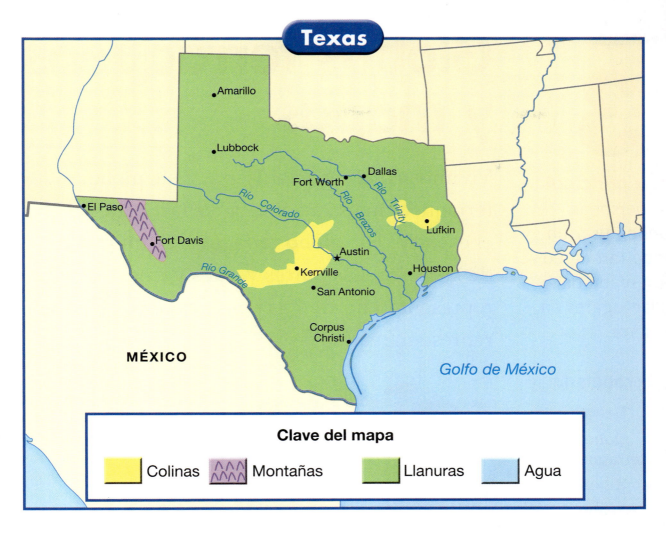

## Aplica lo que aprendiste

Observa el mapa de tu estado. Halla los diferentes tipos de tierra y agua.

 Practica tus destrezas con mapas y globos terráqueos con el **CD ROM GeoSkills.**

## Lección 3

# Globos terráqueos y mapas

**Idea principal**
Las personas pueden usar un globo terráqueo y un mapa para hallar lugares en la Tierra.

**Vocabulario**
Tierra
globo terráqueo
continente
océano

Vivimos en el planeta **Tierra**. Este globo terráqueo muestra cómo se ve la Tierra desde el espacio. Un **globo terráqueo** es un modelo de la Tierra. Las partes verdes y café representan tierra. Las partes azules representan agua.

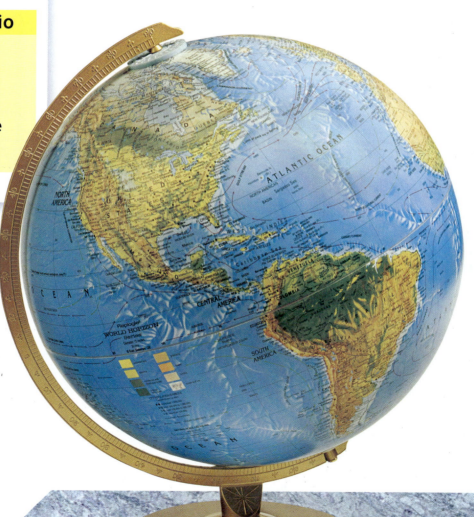

Al igual que un globo terráqueo, un mapa también puede mostrar todos los lugares de la Tierra. Las siete áreas grandes de tierra son los **continentes**. Vivimos en el continente de América del Norte. Entre la mayoría de los continentes hay océanos. Un **océano** es una masa muy grande de agua salada.

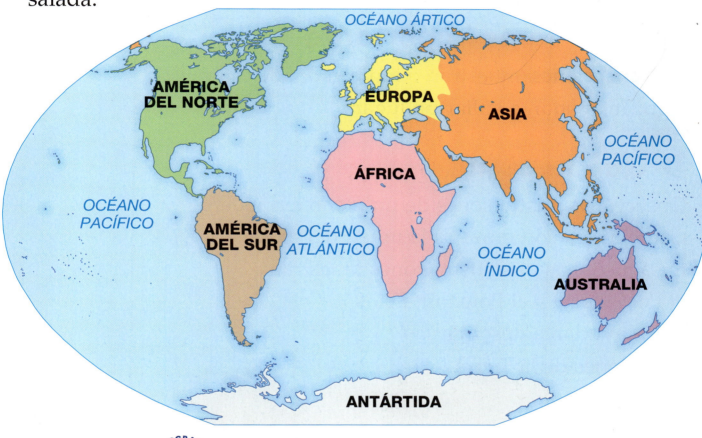

 ¿Qué océanos están cerca de América del Norte?

**LECCIÓN 3 Repaso**

❶ **Vocabulario** ¿En qué se parecen un **globo terráqueo** y un mapa?

❷ Nombra dos océanos.

❸ Halla Estados Unidos en un globo terráqueo.

105

## Destrezas
MAPAS Y GLOBOS TERRÁQUEOS

# Hallar direcciones en un globo terráqueo

**Vocabulario**
direcciones

### ▶ Por qué es importante

Las **direcciones** muestran o indican dónde está algo. Te ayudan a hallar un lugar.

### ▶ Qué necesitas saber

Observa las ilustraciones de un globo terráqueo. Cada ilustración muestra la mitad del globo terráqueo. Las dos ilustraciones muestran el Polo Norte y el Polo Sur. Estos polos ayudan a describir las direcciones de la Tierra.

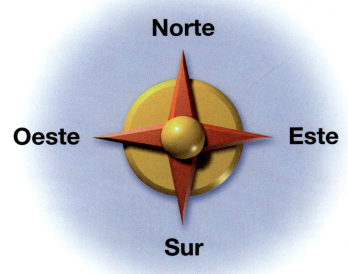

Las direcciones principales son norte, sur, este y oeste. El norte es la dirección hacia el Polo Norte. Cuando te paras de frente al norte, el este te queda a tu derecha. El oeste te queda a tu izquierda.

## Practica la destreza

1. ¿Qué continente está al este de Europa?
2. ¿Qué continente está en el Polo Sur?
3. ¿Qué continente está al oeste de América del Norte?

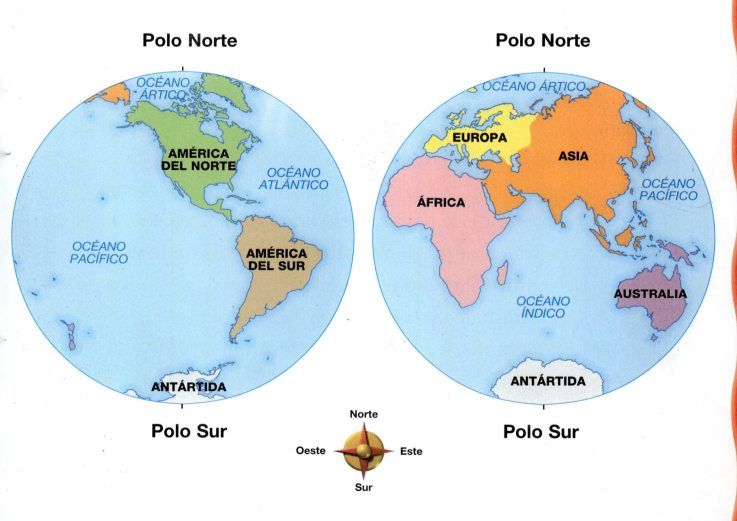

## Aplica lo que aprendiste

Haz un modelo de la Tierra.

 Practica tus destrezas con mapas y globos terráqueos con el **CD ROM GeoSkills.**

## Lección 4

# Las personas y los recursos

**Idea principal**
Los recursos naturales son importantes para las personas.

**Vocabulario**
recurso
granja
bosque

¿En qué se parecen el papel, el pan y la gasolina? Todos están hechos de los recursos de la Tierra. Un **recurso** es cualquier cosa que las personas pueden usar. La Tierra tiene muchos recursos.

## El suelo

Se puede hallar suelo en la mayor parte de la tierra de nuestro planeta. El suelo es importante para las plantas, los animales y las personas. En una **granja**, los trabajadores usan la tierra para cultivar plantas y criar animales que las personas usan como alimento.

# Los árboles

Un **bosque** es un área extensa donde crecen muchos árboles. La madera de los árboles se usa para hacer muebles y edificios. Algunos árboles nos dan alimento, como las manzanas y las nueces.

# El petróleo y el gas

El petróleo y el gas se hallan debajo de la tierra. Las personas usan el petróleo y el gas para calentar sus hogares y cocinar su comida. Parte del petróleo se convierte en gasolina para hacer que los carros y otras máquinas funcionen.

### Míralo en detalle
### En busca de petróleo

Hay que perforar hoyos profundos en la tierra para llegar al petróleo. Un motor hace girar el tubo perforador para romper las rocas. Cuando el perforador llega al petróleo, se bombea a la superficie por la tubería.

**¿Cómo se llega al petróleo bajo la tierra?**

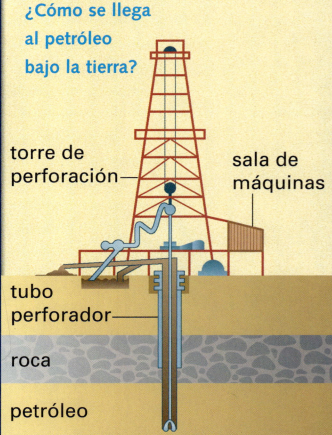

torre de perforación

sala de máquinas

tubo perforador

roca

petróleo

# El agua

El agua es un recurso que todos los seres vivos necesitan para vivir. Las personas y los animales beben agua y algunas plantas y animales viven en ella.

## LECCIÓN 4 Repaso

1. **Vocabulario** ¿Cómo te ayudan los **recursos**?
2. ¿Qué recursos naturales hay en o están cerca de tu comunidad?
3. Haz una lista de maneras en que las personas usan el agua.

# Destrezas LECTURA

# Predecir lo que sucederá

**Vocabulario**
predecir
tiempo

## ▶ Por qué es importante

Cuando sabes cómo pasan las cosas, puedes **predecir**, o sea, decir antes de tiempo lo que sucederá. Saber lo que va a pasar puede ayudarnos a planear lo que debemos hacer.

## ▶ Qué necesitas saber

Las personas pueden predecir el tiempo al observar las nubes. El **tiempo** es como es el clima afuera. A menudo, las nubes oscuras significan que va a llover.

## Practica la destreza

1. Si no lloviera por mucho tiempo, ¿qué les pasaría a los cultivos?

2. Piensa en las personas que preparan, venden y compran comida. Di lo que crees que les pasaría.

## Aplica lo que aprendiste

¿Qué crees que pasaría si las personas pescaran todo el pescado que encontraran?

## Lección 5

# Salvar nuestros recursos

**Idea principal**
Las personas necesitan cuidar los recursos naturales de la Tierra.

**Vocabulario**
contaminación
tirar basura
reciclar

En la Tierra viven muchas personas. Todas usan los mismos recursos.

## Proteger nuestros recursos

Es importante mantener limpios la tierra y nuestros recursos. La <mark>contaminación</mark> es cualquier cosa que ensucia el aire, la tierra o el agua.

Las leyes ayudan. Tú también puedes ayudar. No debes tirar basura, es decir, botar desperdicios en el suelo o en el agua.

. BIOGRAFÍA .

**Marjory Stoneman Douglas**
**1890–1998**
**Rasgo de personalidad: Responsabilidad**

A Marjory Stoneman Douglas le encantaban los Everglades, el terreno bajo y pantanoso en el sur de Florida. Gracias a su ayuda, actualmente hay leyes que protegen los Everglades y su vida salvaje.

APRENDE **en línea**

**BIOGRAFÍAS EN MULTIMEDIA**
Visita The Learning Site en
**www.harcourtschool.com/biographies**
para conocer otros personajes famosos.

## Usa los recursos prudentemente

Puedes usar menos un recurso.

Puedes usar algunas cosas más de una vez.

Reduce, usa otra vez, recicla.

Puedes reciclar. Reciclar es convertir algo viejo en algo nuevo.

### LECCIÓN 5 Repaso

1. **Vocabulario** ¿Por qué es importante no **tirar basura**?

2. ¿Por qué las personas deben usar menos los recursos?

3. Haz un cartel que muestre cómo puedes ahorrar recursos en tu casa.

**Lección 6**

# Casas y hogares

**Idea principal**
Las personas de todo el mundo viven en todo tipo de hogares.

**Vocabulario**
desierto

Las personas de todo el mundo tienen diferentes tipos de hogares. Algunas viven en casas. Otras viven en edificios con muchos apartamentos.

Alemania

Canadá

Brasil

118

Las personas construyen hogares usando los recursos de la tierra donde viven. Los techos de estas casas en Congo están hechos de paja, o sea, pasto seco.

**Congo**

**México**

Las personas también tienen que pensar en el clima del sitio donde construyen sus hogares. Este sitio en México se construyó con ladrillos de arcilla secados bajo el sol caliente del desierto. Un **desierto** es un terreno donde llueve poco.

• GEOGRAFÍA •

El cacto saguaro crece en el Desierto de Sonora. Este desierto está en la parte sur de Estados Unidos y en la parte norte de México.

**Desierto de Sonora**

119

Esta casa está en Noruega. Está hecha de los árboles del bosque que la rodea.

**Noruega**

Cuando llueve mucho, este río en el bosque tropical de Amazonas se desborda. Esta casa en Venezuela está hecha sobre estacas. Las estacas la mantienen seca sobre el agua del río.

**Venezuela**

Algunos sitios están muy poblados. Estas casas en Italia están construidas muy cerca unas de otras. Hay muy poco espacio libre entre las casas.

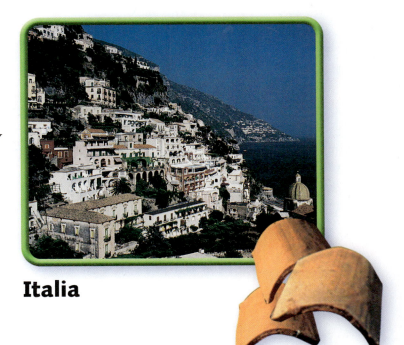

**Italia**

**China**

Esta ciudad de China tiene muy poco terreno para nuevas casas. Algunas personas viven en botes.

**LECCIÓN 6 Repaso**

1. **Vocabulario** ¿En qué se diferencia un **desierto** de un bosque?
2. ¿Por qué debemos pensar en el clima cuando construimos nuestros hogares?
3. Describe los tipos de casas de tu barrio.

## VISITA

# Un jardín para las mariposas

### Prepárate

Plantar un jardín de flores embellece más cualquier lugar. Algunas flores son las favoritas de las mariposas. Estos estudiantes decidieron plantar un jardín para las mariposas, afuera de su escuela.

### Observa

Cada estudiante dibuja un plano del nuevo jardín para las mariposas.

**Antes**

Los jardines para las mariposas deben recibir bastante sol pero no mucho viento.

Los estudiantes trabajan en el jardín para cuidar las flores.

**Ahora**

Los estudiantes celebran el nuevo jardín con una fiesta.

## Excursión

**APRENDE en línea**

**UN PASEO VIRTUAL**
Visita The Learning Site en **www.harcourtschool.com/ tours** para recorrer virtualmente otros parques y áreas escénicas.

**UN PASEO AUDIOVISUAL**
READING RAINBOW Busca un vídeo sobre el tema en el Centro de Multimedia o en la biblioteca del salón de clases.

123

# Unidad 3

# Repaso y preparación para la prueba

**Resumen visual**

Completa esta red de palabras. Escribe o dibuja para mostrar lo que aprendiste en esta unidad.

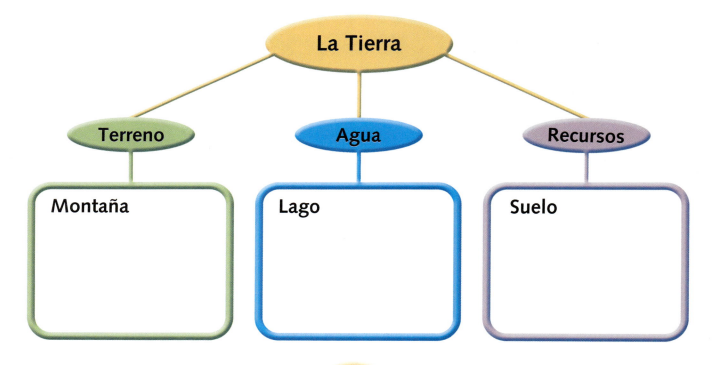

## Piensa y escribe

**Mira los dibujos** Mira casas en libros y revistas. Busca pistas que muestren cómo es el tiempo allí.

**Escribe una leyenda** Elige una de las casas. Escribe una oración que indique el tiempo que hace en esa ilustración.

124

## Usa el vocabulario

Haz un dibujo que muestre el significado de cada palabra.

**1** barrio
(pág. 94)

**2** océano
(pág. 105)

**3** recurso
(pág. 108)

**4** tiempo
(pág. 112)

## Recuerda los datos

**5** ¿Cuántos continentes hay?

**6** ¿En qué se diferencia un río de un océano?

**7** Menciona dos clases de recursos.

**8** ¿Cómo usan el suelo los granjeros?

**9** ¿En qué continente vives?

    **A** África
    **B** Australia
    **C** América del Norte
    **D** América del Sur

**10** ¿Cuál recurso usan las personas para construir casas?

    **F** agua
    **G** suelo
    **H** petróleo
    **J** árboles

## Piensa críticamente

**11** ¿De qué manera el ser capaz de predecir puede ayudar a las personas a planificar qué hacer?

**12** ¿Por qué es importante cuidar los recursos de la Tierra?

## Aplica tus destrezas con tablas y gráficas

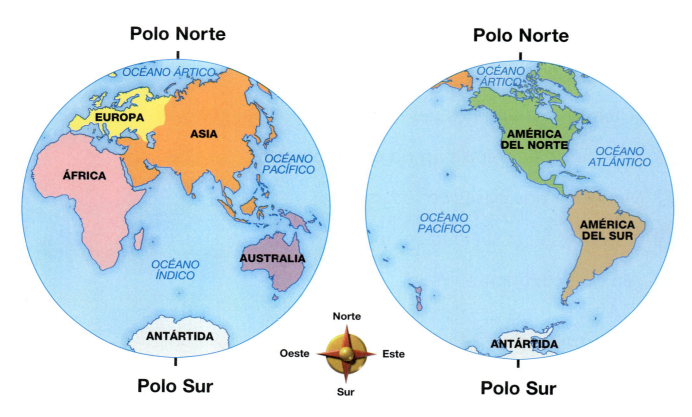

**13** Si viajaras al sur desde América del Norte, ¿en qué continente estarías?

**14** ¿Qué océano está al oeste de Australia?

**15** ¿La Antártida está al norte o al sur de África?

**16** ¿Qué océano está en el Polo Norte?

**Aplica tus destrezas con mapas y globos terráqueos**

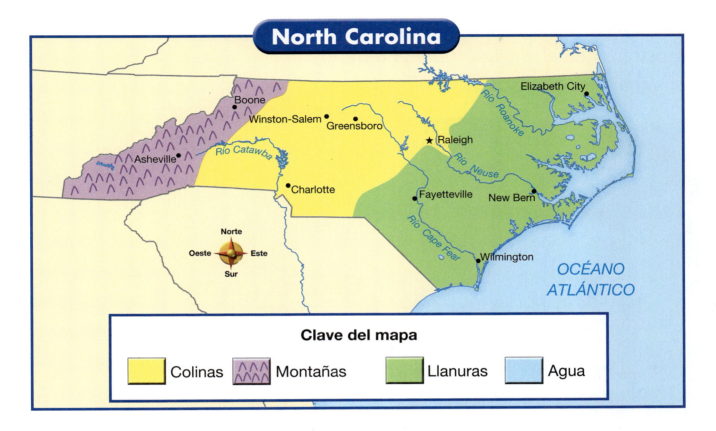

17. Nombra el océano que está al este de North Carolina.

18. ¿Qué clase de terreno hay alrededor de Boone?

19. ¿Qué clase de terreno hay en el centro del estado?

20. Nombra una ciudad que esté en las llanuras.

**127**

# Actividades de la unidad

**APRENDE en línea**

Visita The Learning Site en **www.harcourtschool.com/social studies/activities** donde encontrarás más actividades.

**Completa el proyecto de la unidad**
Trabaja con tu grupo para completar el proyecto de la unidad. Decidan qué mostrarán en el collage sobre el terreno, el agua y los recursos.

## Terreno y agua

Dibuja o busca ilustraciones que muestren el terreno y el agua alrededor de tu comunidad. Agrégalas a tu collage.

## Usa recursos

Dibuja o busca ilustraciones que muestren cómo se usan los siguientes recursos.
- suelo
- árboles
- petróleo y gas
- agua

## Consulta la biblioteca

**Compost! Growing Gardens from Your Garbage** por Linda Glaser. Descubre cómo una familia recicla los restos de comida.

**Me on the Map** por Joan Sweeney. Una jovencita nos muestra dónde se halla ella en el mundo.

**Haystack** por Bonnie y Arthur Geisert. Descubre la importancia del heno en una granja.

128

# Nosotros y todo lo que nos rodea

Maracas mexicanas

# Nosotros y todo lo que nos rodea

**"**Todos cantamos con la misma voz**"**.
– J. Phillip Miller, Sheppard McGreene, *Sesame Street*, 1983

## Presentación del contenido

Mientras lees, busca hechos sobre la cultura. Escribe los hechos que consigas. Después de leer, escribe una oración que diga la idea principal de esta unidad.

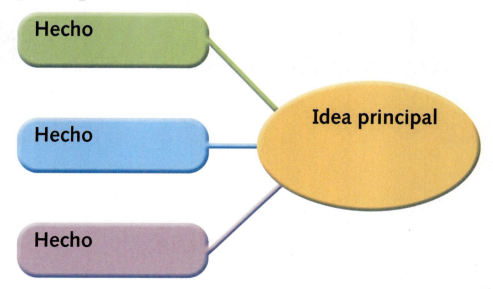

# Presentación del vocabulario

**función** Papel que desempeña una persona en un grupo o una comunidad. (pág. 134)

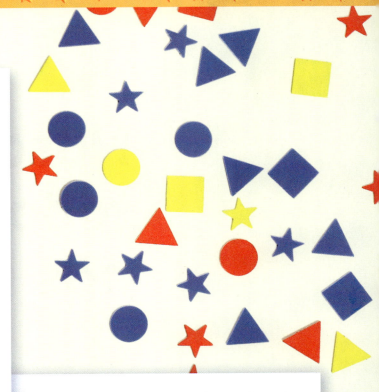

**necesidades** Cosas que las personas deben tener para vivir. (pág. 138)

Conoce a tus vecinos.

**cultura** Forma de vida de un grupo. (pág. 143)

**celebración** Momento de felicidad por algo. (pág. 154)

**costumbre** Forma en que un grupo hace algo. (pág. 160)

131

**COMIENZA con un ARTÍCULO**

# Las costumbres de los mohawk

de **Time for Kids**

Los niños de la escuela Akwesasne Freedom en Rooseveltown, New York, no hablan inglés en la clase. Hablan mohawk, el <mark>lenguaje</mark> de sus antepasados indígenas. Los niños del kindergarten al sexto grado aprenden todas las materias en mohawk. Los niños se sienten orgullosos cuando aprenden sobre su propia gente.

Los niños disfrutan de la música y el baile de los mohawk.

Los proyectos de arte también ayudan a los niños a aprender sobre su tribu. Esta niña construye una casa comunal de papel.

### Lee un libro

## ¿Cuántas hay?

El lenguaje mohawk tiene 13 letras. El inglés tiene 26 letras, o sea, el doble.

## Piénsalo

1. ¿Por qué los niños de esta escuela aprenden en un lenguaje diferente?

2. Investiga sobre los indígenas de tu estado.

### Comienza el proyecto de la unidad

**Un libro de las culturas del mundo** Tu clase va a hacer un libro para mostrar algunas de las culturas de nuestro mundo. Al leer esta unidad, piensa en qué se parecen y en qué se diferencian las personas.

### Usa la tecnología

APRENDE en línea  Visita The Learning Site en **www.harcourtschool.com/ socialstudies** para obtener actividades adicionales, fuentes primarias y otros recursos para usar en esta unidad.

**Lección 1**

# Grupos de personas

**Idea principal**
Las personas tienen diferentes funciones en grupos diferentes.

**Vocabulario**
función

Yo pertenezco a muchos grupos. Soy miembro de mi familia, de mi clase, de mi escuela y de otros grupos.

Cada persona del grupo tiene una **función**. Una función es el papel que desempeña una persona en un grupo al que él o ella pertenece.

Yo soy.

Soy una hija. Yo pongo la mesa para la cena.

Soy una estudiante de primer grado. Yo riego las plantas de nuestra clase.

Soy una portera de fútbol. Yo evito que el otro equipo anote.

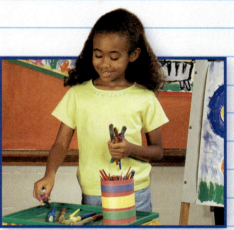
Estoy en un club de arte. Yo me aseguro de que haya pinceles para todos.

## LECCIÓN 1 Repaso

1. **Vocabulario** ¿Cuáles son tus **funciones** en la escuela?

2. ¿Cómo dependes de las demás personas en tus grupos?

3. Piensa en los grupos a los que perteneces. Haz una tabla que muestre tu función en cada uno.

**Destrezas** · CIVISMO

# Resolver un problema

> **Vocabulario**
> problema
> solución

### ▶ Por qué es importante

A veces las personas tienen problemas. Un **problema** es algo difícil de comprender o hacer. Un problema necesita una **solución** o respuesta. Puedes trabajar en un grupo para resolver un problema.

### ▶ Qué necesitas saber

Sigue estos pasos cuando necesites resolver un problema.

**Paso 1** Di el problema.

**Paso 2** Piensa en algunas soluciones.

**Paso 3** Habla de las soluciones. Elige la mejor.

**Paso 4** Sigue tu plan para resolver el problema.

**Paso 5** Habla sobre lo bien que se resolvió el problema.

## ▶ Practica la destreza

Hay dos computadoras en tu salón de clases y cuatro niños necesitan usarlas. Trabaja en un grupo para resolver este problema. Usa los pasos de la página 136.

## ▶ Aplica lo que aprendiste

¿Qué harías si perdieras algo que te prestaron? Escribe sobre los pasos que usarías para resolver el problema.

## Lección 2

# Familias unidas

**Idea principal**
Las personas tienen necesidades que satisfacen de diferentes maneras.

**Vocabulario**
necesidades
refugio

Todas las personas tienen necesidades. Las **necesidades** son cosas que las personas deben tener para vivir. Debemos tener alimento, ropa y **refugio**, o sea, un lugar para vivir. Los miembros de las familias se ayudan para satisfacer las necesidades de cada uno.

alimento

138

ropa

refugio

139

alimento

Las familias de todo el mundo tienen las mismas necesidades. Algunas las satisfacen de la misma forma que lo hace tu familia. Algunas satisfacen sus necesidades de diferentes formas.

ropa

refugio

DATOS BREVES ¡Imagínate tener un techo de paja! Estos techos son hechos de una hierba llamada caña. Una capa de caña de 12 pulgadas de grosor impermeabiliza el techo.

## LECCIÓN 2 Repaso

1. **Vocabulario** ¿Qué **necesidades** tienen las personas?

2. ¿Cómo satisface sus necesidades tu familia?

3. Dibuja cómo tu familia satisface sus necesidades de alimento, ropa y refugio.

**Lección 3**

# ¿Qué es la cultura?

**Idea principal**
Las personas de todo el mundo tienen culturas diferentes.

**Vocabulario**
cultura
religión

A mi tía Shelly le encanta viajar. Ella ha conocido a personas de culturas diferentes.

En Dinamarca la comida es deliciosa.

Una **cultura** es la forma de vida de un grupo. Yo aprendí sobre las culturas ayudando a mi tía Shelly a hacer este álbum.

Muñecas de Perú

A veces las personas usan kimonos en Japón.

Esta niña inuit en Canadá juega con una cuerda.

143

Las personas de diferentes grupos culturales tienen diferentes **religiones** o creencias.

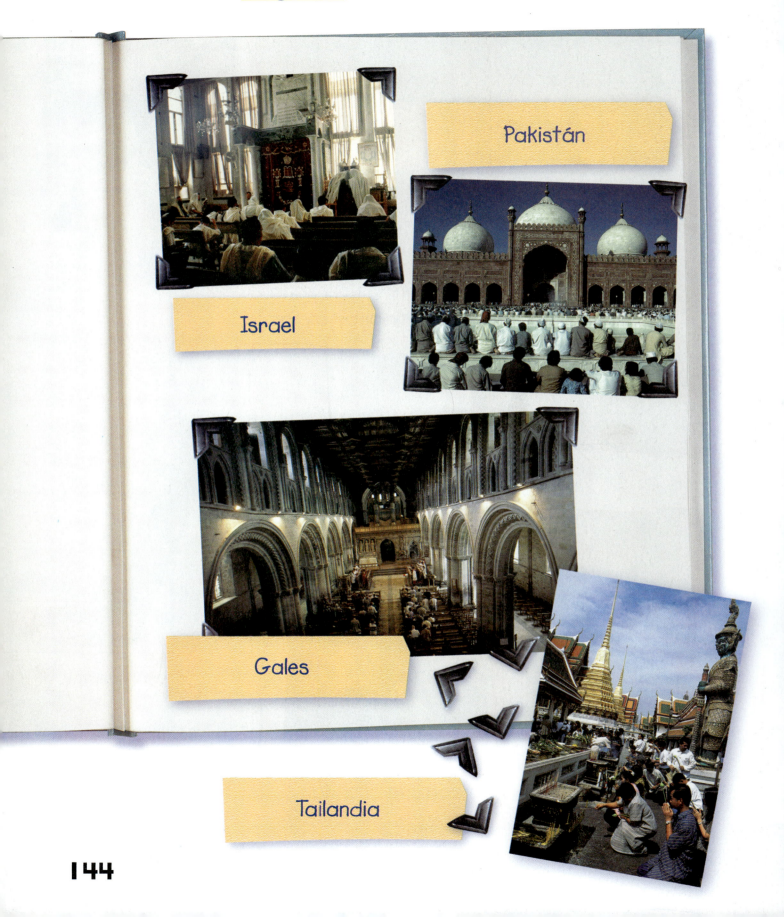

La tía Shelly aprendió a decir algunas cosas en diferentes lenguajes. Una de sus palabras favoritas es amigo. Tomodachi es amigo en japonés.

**LECCIÓN 3 Repaso**

① **Vocabulario** ¿Qué tipo de cosas forman parte de la **cultura** de un grupo?

② ¿Por qué es importante el lenguaje?

③ Recorta varias ilustraciones de una revista para hacer un cartel sobre la cultura.

# Destrezas Lectura

# Punto de vista

**Vocabulario**
punto de vista

## ▶ Por qué es importante

¿Cuál es tu color favorito? ¿Cuál es el color favorito de tu amigo? Quizás pienses que rojo es el mejor color. Tu amigo puede pensar que es el azul. No todos pensamos de la misma manera. Lo que tú piensas es tu **punto de vista**.

## ▶ Qué necesitas saber

Todos necesitamos comer, pero a las personas les gustan diferentes tipos de comida. Las familias italianas comen muchos tipos de pasta. Las familias chinas comen mucho arroz. Diferentes grupos culturales tienen diferentes puntos de vista sobre las comidas.

## Practica la destreza

1. Observa las fotos de los diferentes alimentos para el desayuno. ¿Cuál elegirías? ¿Por qué?

2. ¿Cuál es mejor, un desayuno caliente o uno frío? ¿Por qué?

Escocia

China

Turquía

Estados Unidos

## Aplica lo que aprendiste

Habla con tus compañeros de clase sobre los alimentos que más te gustan para el almuerzo.

## Examina las fuentes primarias

# Expresar la cultura

La comida que comen las personas, la ropa que usan y el lenguaje que hablan muestran su cultura. La música, el baile y otras artes también forman parte de la cultura.

¿Qué muestran estas ilustraciones sobre una cultura?

Tela kente de Ghana

Bailarina de Tailandia

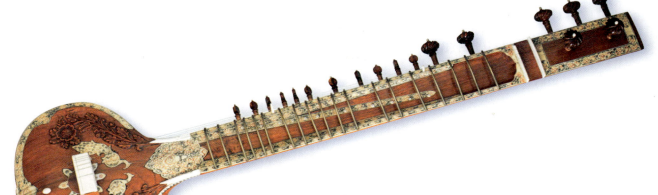

Sitar de India

Máscara de Grecia

Cuadro de corteza de Australia

Canasta pomo de California

Los cuentos son parte de cada cultura. Una **fábula** es un cuento inventado que enseña una lección. "La liebre y la tortuga" es una fábula que aún se cuenta.

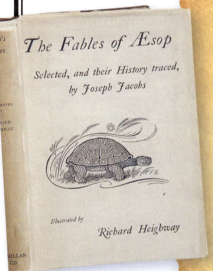

Traducción del libro publicado en 1894

## La liebre y la tortuga

### una fábula por Esopo

Liebre siempre se jactaba de que era el animal más rápido. Él se burlaba de Tortuga porque ella se movía muy despacio. Un día Tortuga le dijo: "Si corremos, yo te podría ganar. Vamos a correr hasta la vía principal y veamos quién gana".

Liebre se rió pero dijo que competiría. Él comenzó con una velocidad máxima y pronto dejó a Tortuga muy atrás. Liebre estaba tan segura de que ganaría la carrera que decidió tomar una siesta. "No necesito seguir corriendo. Puedo descansar y aún así ganarle a Tortuga" dijo ella.

Tortuga no se detuvo. Siguió sin parar. Cuando Liebre despertó, se dio cuenta de que se había equivocado. Tortuga había ganado la carrera.

Lección: El más veloz no siempre llega primero. Despacio y constante gana la carrera.

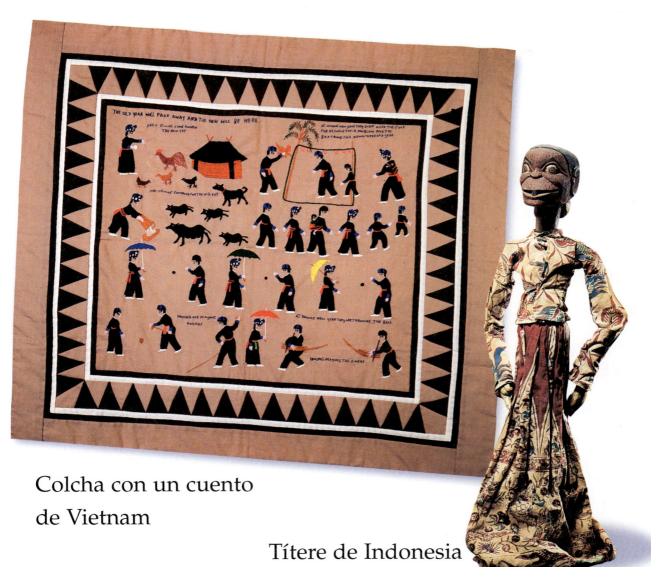

Colcha con un cuento de Vietnam

Títere de Indonesia

### Actividad

Haz títeres de papel de Tortuga y Liebre. Luego úsalos para contar el cuento otra vez.

### Investigación

Visita The Learning Site en **www.harcourtschool.com/primarysources** para investigar otras fuentes primarias.

151

# Destrezas

MAPAS Y GLOBOS TERRÁQUEOS

# Usar una escala del mapa

**Vocabulario**

distancia    escala del mapa

## ▶ Por qué es importante

Un mapa muestra un lugar más pequeño de lo que realmente es, pero también puede mostrar la distancia real. La **distancia** es lo lejos que un lugar está de otro.

## ▶ Qué necesitas saber

Con la escala del mapa determinas la distancia entre lugares. La **escala del mapa**, al igual que una regla, se usa para medir la distancia.

## ▶ Practica la destreza

1. Pon una tira de papel de modo que su borde toque el • en el salón de cestas y el • en el restaurante. Marca dónde está cada •.

2. Coloca el papel a lo largo de la escala del mapa. Una de las marcas debe estar en cero.

3. ¿Cuántas yardas hay entre los dos salones?

152

## Museo de la cultura

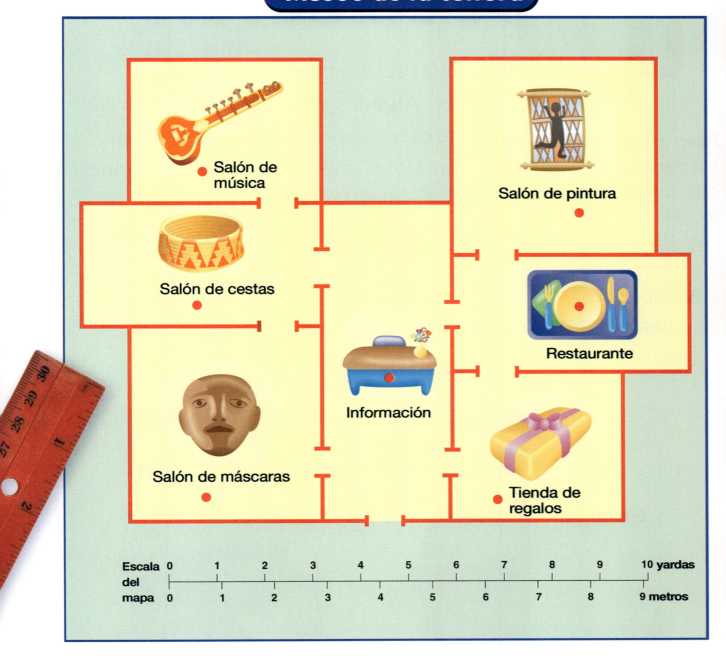

## ▶ Aplica lo que aprendiste

Haz un mapa de tu salón de clases. Muestra la escala del mapa, los símbolos y las direcciones norte, sur, este y oeste.

 Practica tus destrezas con mapas y globos terráqueos con el **CD ROM GeoSkills.**

**DESTREZAS CON MAPAS Y GLOBOS TERRÁQUEOS**

153

**Lección 4**

# ¡A celebrar!

Las familias celebran muchas fechas especiales. Algunas **celebraciones**, como las fiestas de cumpleaños, solo las comparten las familias y los amigos. Otras celebraciones, como los desfiles, las comparten muchas personas en los **días festivos**. Un día festivo es un día para celebrar un evento.

**Idea principal**
Las personas celebran muchas fechas especiales.

**Vocabulario**
celebración
día festivo

Hanukkah

154

En algunos días festivos las personas celebran algo de su religión. Las familias comparten comidas y actividades especiales en estos días.

Navidad

Día de los Reyes Magos

155

Algunas celebraciones provienen de otros países. Cuando las personas se mudan a Estados Unidos, siguen celebrando los días festivos de su país. Esto los ayuda a recordar de dónde provienen. Sus celebraciones muestran su cultura.

**Año Nuevo Chino**

**Cinco de Mayo**

• PATRIMONIO CULTURAL •

### Kwanzaa

Kwanzaa es una fiesta, que dura una semana, en la que las familias afroamericanas celebran su cultura. Esta celebración es nueva, pero sus ideas provienen de creencias africanas muy antiguas. Durante Kwanzaa las familias recuerdan lo que es importante para ellas.

156

**Festival de Cherry Blossom**

**Juegos de Highland**

*Todas las personas son especiales.*

## LECCIÓN 4 Repaso

1. **Vocabulario** ¿Cómo nos enseñan las **celebraciones** sobre otros países?

2. ¿Cuáles son algunas cosas que tu familia hace para celebrar una fecha especial?

3. Haz una tarjeta para un día festivo o una celebración.

## Destrezas

**TABLAS Y GRÁFICAS**

# Usar un calendario

**Vocabulario**
calendario

▶ **Por qué es importante**

Un **calendario** se usa para medir el tiempo.

▶ **Qué necesitas saber**

Un calendario muestra los días, las semanas y los meses. Una semana tiene 7 días. Un año tiene 365 días en 52 semanas. También hay 12 meses en un año.

| ENERO | | | | | | |
|---|---|---|---|---|---|---|
| D | L | M | M | J | V | S |
| | | | 1 | 2 | 3 | 4 |
| 5 | 6 | 7 | 8 | 9 | 10 | 11 |
| 12 | 13 | 14 | 15 | 16 | 17 | 18 |
| 19 | 20 | 21 | 22 | 23 | 24 | 25 |
| 26 | 27 | 28 | 29 | 30 | 31 | |

| FEBRERO | | | | | | |
|---|---|---|---|---|---|---|
| D | L | M | M | J | V | S |
| | | | | | | 1 |
| 2 | 3 | 4 | 5 | 6 | 7 | 8 |
| 9 | 10 | 11 | 12 | 13 | 14 | 15 |
| 16 | 17 | 18 | 19 | 20 | 21 | 22 |
| 23 | 24 | 25 | 26 | 27 | 28 | |

| MARZO | | | | | | |
|---|---|---|---|---|---|---|
| D | L | M | M | J | V | S |
| | | | | | | 1 |
| 2 | 3 | 4 | 5 | 6 | 7 | 8 |
| 9 | 10 | 11 | 12 | 13 | 14 | 15 |
| 16 | 17 | 18 | 19 | 20 | 21 | 22 |
| 23 | 24 | 25 | 26 | 27 | 28 | 29 |
| 30 | 31 | | | | | |

| ABRIL | | | | | | |
|---|---|---|---|---|---|---|
| D | L | M | M | J | V | S |
| | | 1 | 2 | 3 | 4 | 5 |
| 6 | 7 | 8 | 9 | 10 | 11 | 12 |
| 13 | 14 | 15 | 16 | 17 | 18 | 19 |
| 20 | 21 | 22 | 23 | 24 | 25 | 26 |
| 27 | 28 | 29 | 30 | | | |

| MAYO | | | | | | |
|---|---|---|---|---|---|---|
| D | L | M | M | J | V | S |
| | | | | 1 | 2 | 3 |
| 4 | 5 | 6 | 7 | 8 | 9 | 10 |
| 11 | 12 | 13 | 14 | 15 | 16 | 17 |
| 18 | 19 | 20 | 21 | 22 | 23 | 24 |
| 25 | 26 | 27 | 28 | 29 | 30 | 31 |

| JUNIO | | | | | | |
|---|---|---|---|---|---|---|
| D | L | M | M | J | V | S |
| 1 | 2 | 3 | 4 | 5 | 6 | 7 |
| 8 | 9 | 10 | 11 | 12 | 13 | 14 |
| 15 | 16 | 17 | 18 | 19 | 20 | 21 |
| 22 | 23 | 24 | 25 | 26 | 27 | 28 |
| 29 | 30 | | | | | |

| JULIO | | | | | | |
|---|---|---|---|---|---|---|
| D | L | M | M | J | V | S |
| | | 1 | 2 | 3 | 4 | 5 |
| 6 | 7 | 8 | 9 | 10 | 11 | 12 |
| 13 | 14 | 15 | 16 | 17 | 18 | 19 |
| 20 | 21 | 22 | 23 | 24 | 25 | 26 |
| 27 | 28 | 29 | 30 | 31 | | |

| AGOSTO | | | | | | |
|---|---|---|---|---|---|---|
| D | L | M | M | J | V | S |
| | | | | | 1 | 2 |
| 3 | 4 | 5 | 6 | 7 | 8 | 9 |
| 10 | 11 | 12 | 13 | 14 | 15 | 16 |
| 17 | 18 | 19 | 20 | 21 | 22 | 23 |
| 24 | 25 | 26 | 27 | 28 | 29 | 30 |
| 31 | | | | | | |

| SEPTIEMBRE | | | | | | |
|---|---|---|---|---|---|---|
| D | L | M | M | J | V | S |
| | 1 | 2 | 3 | 4 | 5 | 6 |
| 7 | 8 | 9 | 10 | 11 | 12 | 13 |
| 14 | 15 | 16 | 17 | 18 | 19 | 20 |
| 21 | 22 | 23 | 24 | 25 | 26 | 27 |
| 28 | 29 | 30 | | | | |

| OCTUBRE | | | | | | |
|---|---|---|---|---|---|---|
| D | L | M | M | J | V | S |
| | | | 1 | 2 | 3 | 4 |
| 5 | 6 | 7 | 8 | 9 | 10 | 11 |
| 12 | 13 | 14 | 15 | 16 | 17 | 18 |
| 19 | 20 | 21 | 22 | 23 | 24 | 25 |
| 26 | 27 | 28 | 29 | 30 | 31 | |

| NOVIEMBRE | | | | | | |
|---|---|---|---|---|---|---|
| D | L | M | M | J | V | S |
| | | | | | | 1 |
| 2 | 3 | 4 | 5 | 6 | 7 | 8 |
| 9 | 10 | 11 | 12 | 13 | 14 | 15 |
| 16 | 17 | 18 | 19 | 20 | 21 | 22 |
| 23 | 24 | 25 | 26 | 27 | 28 | 29 |
| 30 | | | | | | |

| DICIEMBRE | | | | | | |
|---|---|---|---|---|---|---|
| D | L | M | M | J | V | S |
| | 1 | 2 | 3 | 4 | 5 | 6 |
| 7 | 8 | 9 | 10 | 11 | 12 | 13 |
| 14 | 15 | 16 | 17 | 18 | 19 | 20 |
| 21 | 22 | 23 | 24 | 25 | 26 | 27 |
| 28 | 29 | 30 | 31 | | | |

## Practica la destreza

1. Observa el calendario. ¿Cuántos días hay en diciembre?

2. ¿Cuál sucede primero, Navidad o Hanukkah?

3. ¿Cuándo es la víspera del Año Nuevo?

## Aplica lo que aprendiste

Haz un calendario para el mes de tu cumpleaños. Investiga qué otros días especiales hay en ese mes. Marca esos días en tu calendario.

## Lección 5

# ¡Somos americanos!

**Idea principal**
Los americanos comparten muchas costumbres.

**Vocabulario**
costumbre

Nuestras familias llegaron de todas partes del mundo a vivir en Estados Unidos. Compartimos **costumbres** americanas, o sea, formas de hacer las cosas. También compartimos las costumbres de otros países. Todos somos americanos.

## LECCIÓN 5
### Repaso

1. **Vocabulario** ¿Qué es una **costumbre**?
2. Piensa en una costumbre que tenga tu familia. ¿Por qué es importante?
3. Trabaja con un compañero para hacer una lista de costumbres de tu comunidad.

# VISITA

# Un festival de culturas

### Prepárate

Los americanos provienen de muchos países y muchas culturas. Los visitantes a un festival pueden aprender sobre las costumbres de otras culturas. Pueden disfrutar bailes, música, comida, ropa y artesanías especiales.

### Observa

En este festival, las personas usan ropa que muestra sus diferentes culturas.

La música es una parte importante de la cultura mexicana.

Una mujer sueca hace una muñeca con la mazorca.

Un hombre cocina plátanos, que son como bananas. Los plátanos son un alimento importante en la cultura de Nigeria.

Una mujer japonesa baila con abanicos. Los abanicos se han usado en Japón durante más de mil años.

### Excursión

**UN PASEO VIRTUAL**
Visita The Learning Site en www.harcourtschool.com/tours para recorrer virtualmente otras culturas.

**UN PASEO AUDIOVISUAL**
Busca un vídeo sobre el tema en el Centro de Multimedia o en la biblioteca del salón de clases.

163

# Unidad 4
## Repaso y preparación para la prueba

**Resumen visual**

Completa la tabla. Escribe en el rectángulo un hecho más que aprendiste. Escribe en el óvalo la idea principal de esta unidad.

**Hecho** Algunas personas usan kimonos en Japón.

**Hecho** Las personas hablan lenguajes diferentes.

**Hecho**

**Idea principal**

## Piensa y escribe

**Haz una nota** Piensa cómo tu familia y las familias que conoces satisfacen sus necesidades. Haz una nota de las diferentes maneras.

**Escribe un párrafo** Describe las semejanzas y las diferencias en las maneras en que las familias satisfacen sus necesidades.

164

## Usa el vocabulario

Escribe la palabra que completa cada oración.

**1** Mi _____ en mi casa es la de ser un ayudante.

**2** Darse la mano es una _____ americana.

**3** El alimento, la ropa y el refugio son _____.

**4** Una fiesta de cumpleaños es una clase de _____.

**5** La _____ de un grupo se demuestra con su música, bailes y otras artes.

> **función** (pág. 134)
> **necesidades** (pág. 138)
> **cultura** (pág. 143)
> **celebración** (pág. 154)
> **costumbre** (pág. 160)

## Recuerda los datos

**6** ¿De qué maneras las personas comparten su cultura?

**7** ¿Qué mide la escala del mapa?

**8** ¿En qué se parecen todos los estadounidenses?

**9** ¿Cuál de los siguientes es un día festivo afroamericano que dura una semana?
- **A** Juegos de Highland
- **B** Kwanzaa
- **C** Festival de Cherry Blossom
- **D** Año Nuevo Chino

**10** ¿Cuál de los siguientes es el número de meses que tiene un año?
- **F** 7
- **G** 52
- **H** 12
- **J** 365

**Piensa críticamente**

11. Tres niños quieren jugar un juego que sólo es para dos. ¿Cómo resolverías este problema?

12. ¿Por qué crees que las personas celebran los días festivos de otros países?

**Aplica tus destrezas con tablas y gráficas**

13. ¿Cuántos días tiene este mes?

14. ¿Cuándo es el Día del diccionario?

15. ¿Qué ocurre el 27 de octubre?

16. ¿En qué día de la semana cae el Festival de la cosecha?

## Aplica tus destrezas con mapas y globos terráqueos

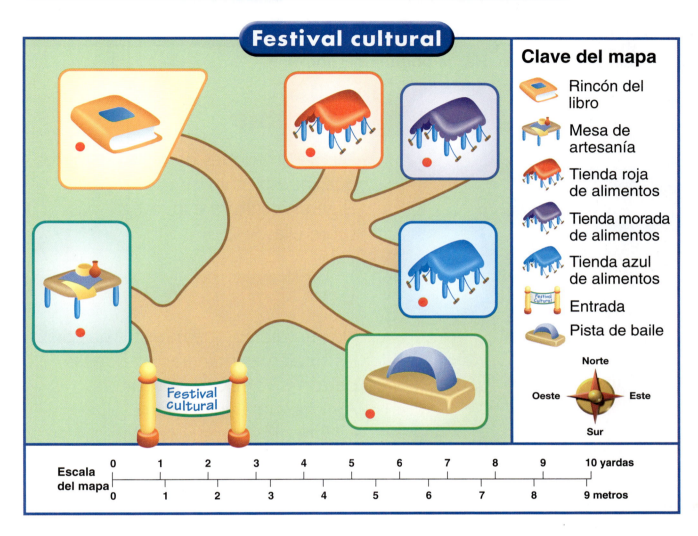

17 ¿Cuántas yardas hay desde el rincón del libro hasta la mesa de artesanía?

18 ¿Qué distancia hay desde la tienda morada de alimentos hasta la tienda azul de alimentos?

19 Desde la entrada, ¿en qué dirección queda la pista de baile?

20 ¿Qué hay al sur de la tienda azul de alimentos?

**167**

# Actividades de la unidad

**Completa el proyecto de la unidad** Trabaja con tu grupo para completar el proyecto de la unidad. Decidan cómo mostrarán a las personas y su cultura en tu libro. Haz la portada del libro.

Visita The Learning Site en www.harcourtschool.com/socialstudies/activities donde encontrarás más actividades.

## Descubre

Mira ilustraciones de revistas y libros que muestren culturas diferentes. Elige una cultura e investiga más sobre ella.

## Comparte una cultura

Haz un dibujo que muestre dos de las siguientes maneras en que las personas comparten la cultura. Agrega tu página al libro.
- alimentos, ropa y refugio
- lenguaje
- música y bailes
- arte
- celebraciones

## Consulta la biblioteca

**Madlenka** por Peter Sis. Los vecinos comparten su cultura con Madlenka.

**Something's Happening on Calabash Street** por Judith Enderle y Stephanie Jacob Gordon. Las personas de la calle Calabash comparten comidas especiales.

**Emeka's Gift: An African Counting Story** por Ifeoma Onyefulu. Lee sobre la tribu Igala de Nigeria, África.

168

# Miramos el pasado

· Reloj de cerámica, 1925 ·

Unidad

5

# Miramos el pasado

"Estudia el pasado para conocer el futuro".

– Proverbio chino

## Presentación del contenido

Mientras lees, piensa en las cosas importantes que han sucedido en Estados Unidos. Al final de esta unidad, termina la tabla. Muestra lo que sucedió en el orden correcto.

**Historia de Estados Unidos**

Primero → Próximo → Último

169

# Presentación del vocabulario

**cambiar** Hacerse diferente. (pág. 175)

**estación** Una de las cuatro partes del año que tienen diferentes tipos de clima. (pág. 175)

**historia** El relato de lo que sucedió en el pasado. (pág. 178)

Nuestro país en el pasado y en el presente.

**héroe** Persona que ha hecho algo valiente o importante. (pág. 206)

**tecnología** Nuevos inventos que usamos en la vida diaria. (pág. 210)

**COMIENZA con un POEMA**

# Cuatro Generaciones

por Mary Ann Hoberman
ilustrado por Russ Wilson

A veces cuando salimos a caminar
yo escucho a mi padre hablar.

Lo que le gusta contarme más
es cómo eran las cosas tiempo atrás

Y cómo él con <u>su</u> papá salían a pasear
para conversar y hablar

De <u>su</u> papá y de lo que conversaban
mientras caminaban y caminaban.

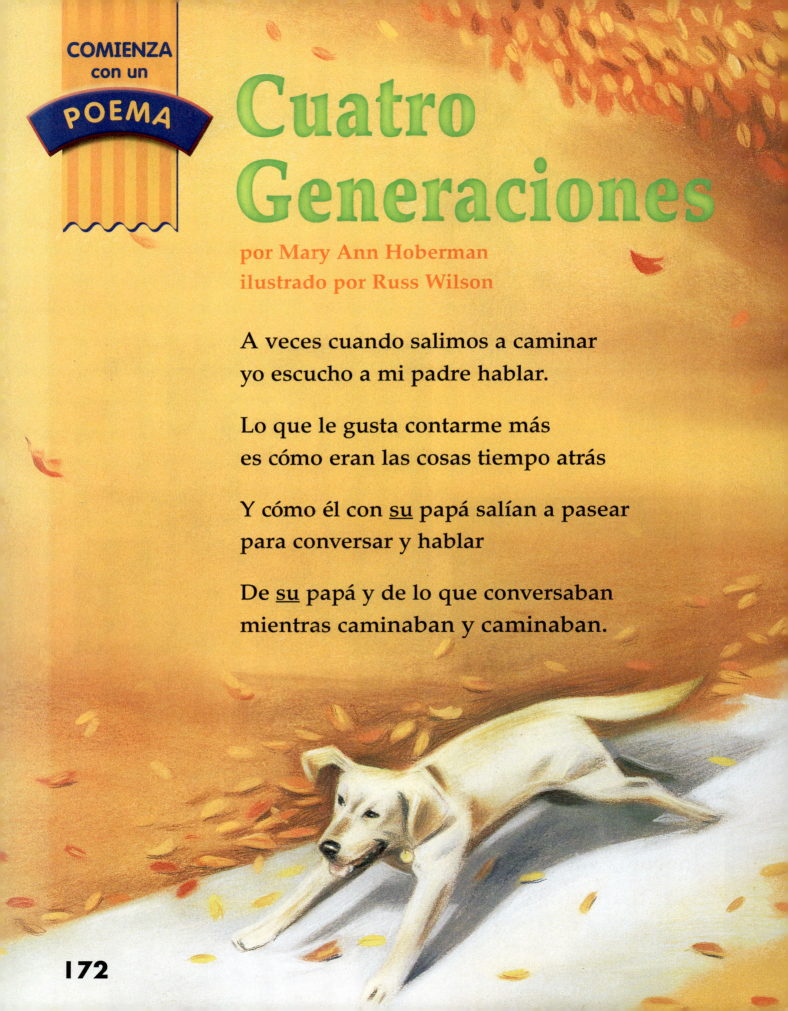

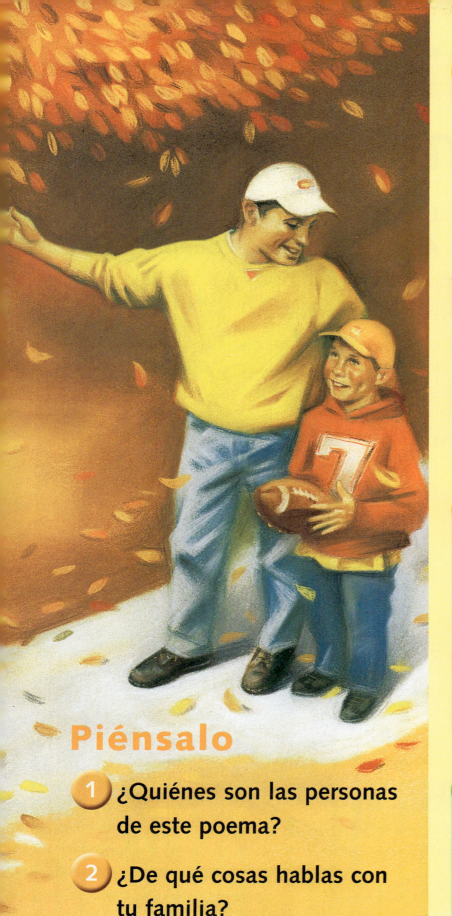

## Piénsalo

1. ¿Quiénes son las personas de este poema?
2. ¿De qué cosas hablas con tu familia?

### Lee un libro

### Comienza el proyecto de la unidad

**Una colcha sobre la historia de tu comunidad** Tu clase hará una colcha que muestre la historia de tu comunidad. Mientras lees esta unidad, piensa en las historias que se cuentan sobre cambios en las personas y los lugares. Busca nuevas maneras en que las personas aprenden a hacer las cosas.

### Usa la tecnología

Visita The Learning Site en **www.harcourtschool.com/ socialstudies** para obtener actividades adicionales, fuentes primarias y otros recursos para usar en esta unidad.

173

## Lección 1

# El tiempo y el cambio

**Idea principal**
Las cosas cambian todo el tiempo.

**Vocabulario**
ayer
hoy
mañana
cambio
estación

Puedes hablar sobre el tiempo de muchas maneras. **Ayer** me compré una camisa. **Hoy** aprendemos sobre el tiempo en la escuela. **Mañana** iré a jugar bolos.

ayer

hoy

mañana

174

Las cosas cambian con el tiempo. **Cambiar** es hacerse diferente. Vemos cómo cambian las cosas en la primavera, el verano, el otoño y el invierno. Cada una de estas partes del año se llama **estación**.

primavera

verano

otoño

invierno

**LECCIÓN 1 Repaso**

① **Vocabulario** ¿Cuáles son las cuatro **estaciones**?

② ¿Cuáles son algunas de las cosas que han cambiado desde el comienzo del año escolar?

③ Lista algunas cosas que hiciste ayer y hoy. Luego, lista cosas que te gustaría hacer mañana.

# Destrezas

## Usar una línea cronológica

**Vocabulario**

línea cronológica

### ▶ Por qué es importante

Necesitamos maneras de mostrar cómo cambian las cosas con el tiempo.

### ▶ Qué necesitas saber

Una **línea cronológica** muestra cuándo suceden las cosas y en qué orden. Una línea cronológica puede mostrar días, semanas, años o más. Una línea cronológica se lee de izquierda a derecha. Las cosas de la izquierda sucedieron primero.

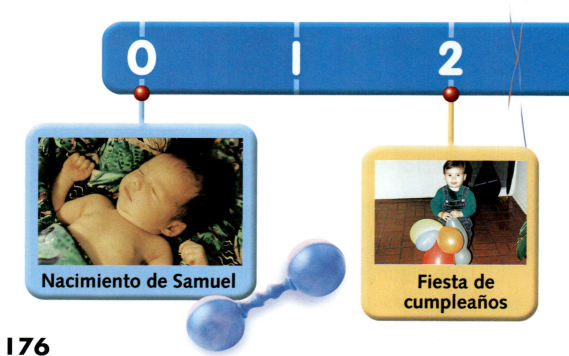

Nacimiento de Samuel

Fiesta de cumpleaños

## Practica la destreza

1. Observa la línea cronológica de Samuel. ¿Cuándo golpeó Samuel su primera pelota?

2. ¿Qué fue lo último que sucedió en la línea cronológica?

3. ¿Qué sucedió cuando Samuel tenía dos años?

## Aplica lo que aprendiste

Haz una línea cronológica de tu día escolar.

**Lección 2**

# Investigar una historia familiar

**Idea principal**
Las familias comparten su historia mediante cuentos.

**Vocabulario**
historia

Cada familia tiene su propia historia. La **historia** está formada por cuentos que dicen las personas sobre lo que ha sucedido.

Las fotografías del abuelo Ryan muestran nuestra historia familiar. Él me cuenta sobre las fotos.

"Cuando me casé con tu abuela, la mayoría de las fotos eran en blanco y negro.

Celebramos el primer cumpleaños de tu mamá con una fiesta.

Nos sentimos orgullosos cuando tu mamá terminó la secundaria.

Tu mamá y tu papá se conocieron en la universidad. Se casaron al terminar la universidad.

Ésta es tu primera fotografía".

La abuela Bridgette vino a Estados Unidos desde Alemania cuando era joven. A ella le gusta mostrarme las cosas que trajo y me cuenta algo de cada una.

"Este reloj ha estado en mi familia durante muchos años. Lo hizo mi tatarabuelo. Algún día te pertenecerá".

### • CIENCIAS Y TECNOLOGÍA •

**Los relojes**

Las personas han usado diferentes métodos para llevar un registro del tiempo. Los primeros pobladores decían la hora de acuerdo con la posición del sol, la luna o las estrellas en el cielo. Algunas personas usaron un reloj de arena. Esta herramienta se llena con arena. La arena tarda justamente una hora en caer de la parte superior a la inferior.

### LECCIÓN 2
### Repaso

1. **Vocabulario** ¿Qué es una **historia** familiar?
2. ¿Por qué crees que las personas vuelven a contar las historias familiares?
3. Entrevista a un compañero de clases para aprender sobre su historia familiar favorita.

181

## Destrezas

### TABLAS Y GRÁFICAS

# Usar un diagrama

**Vocabulario**
diagrama

▶ **Por qué es importante**

Una manera de mostrar una historia familiar es con un diagrama. Un **diagrama** es un dibujo que muestra partes de algo.

▶ **Qué necesitas saber**

Este diagrama se llama un árbol genealógico y muestra las partes de una familia. Lees el diagrama comenzando por la parte inferior. A medida que subes, más te remontas a una época antigua en la historia de una familia.

## Practica la destreza

1. Observa el diagrama del árbol genealógico. ¿Dónde puedes hallar a los más jóvenes?

2. ¿Quiénes son las personas en la hilera superior del árbol?

3. ¿Quiénes son los padres de mi papá?

## Aplica lo que aprendiste

Haz un árbol genealógico de tu familia u otra familia que conozcas.

**Lección 3**

# Historia de una comunidad

**Idea principal**
Al igual que las personas, los lugares también crecen y cambian con el tiempo.

**Vocabulario**
pasado
presente
futuro

Cada comunidad y estado ha cambiado. Cada lugar tiene su propia historia.

Ésta es Wilmington, North Carolina, en el **pasado** o el tiempo antes que el presente.

Ésta es Wilmington en el **presente** o ahora.
Hay más casas y tiendas nuevas.

Wilmington seguirá cambiando en el **futuro**
o en la época que está por venir.

186

187

Los líderes fundan comunidades y ayudan a cambiarlas.

**Pennsylvania**

William Penn fundó lo que ahora es Pennsylvania. Él quería que las personas tuvieran un lugar donde pudieran seguir su propia religión.

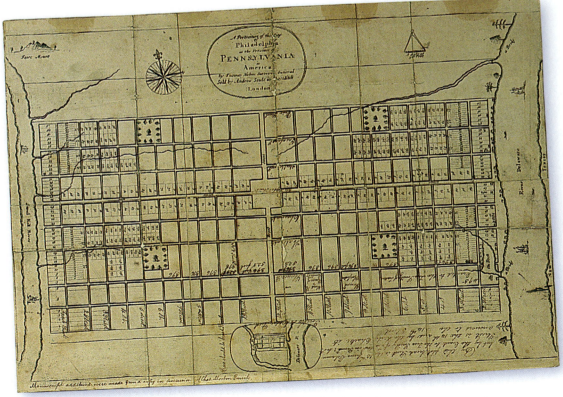

**Philadelphia, Pennsylvania, 1683**

**188**

James Oglethorpe quería un lugar donde las personas pudieran comenzar de nuevo. Él y otros de Inglaterra iniciaron Savannah, Georgia.

**Georgia**

Stephen F. Austin llevó a los estadounidenses a vivir en Texas. Muchos estadounidenses que vivían en el este buscaban nuevas tierras más al oeste.

**Texas**

## LECCIÓN 3 Repaso

1. **Vocabulario** ¿Cómo puedes aprender del **pasado**?
2. ¿Cómo ha cambiado Wilmington del pasado al presente?
3. Escribe un párrafo sobre algo que haya cambiado en tu comunidad.

## Destrezas de Lectura

# Identificar causa y efecto

**Vocabulario**
causa
efecto

### ▶ Por qué es importante

A veces, necesitamos explicar por qué sucede algo. Esto nos ayuda a comprender el pasado. También nos ayuda a predecir lo que sucederá en el futuro.

### ▶ Qué necesitas saber

Una **causa** es lo que hace que algo suceda. Un **efecto** es lo que sucede debido a una causa.

causa

### ▶ Practica la destreza

1. Observa las dos ilustraciones. ¿Qué sucede primero?
2. ¿El efecto sucede antes o después de la causa?
3. ¿Cuál es el efecto?

### ▶ Aplica lo que aprendiste

Las personas construyen casas, escuelas y tiendas en las comunidades. ¿Cuáles podrían ser las causas de esto? ¿Cuáles podrían ser los efectos sobre las personas que viven allí?

**Lección 4**

# Los primeros habitantes de América

**Idea principal**
Muchos grupos vivían en América del Norte y del Sur antes de que llegara Colón.

**Vocabulario**
explorador

**Nez percés**

**Mandan**

**Pomo**

**Hopi**

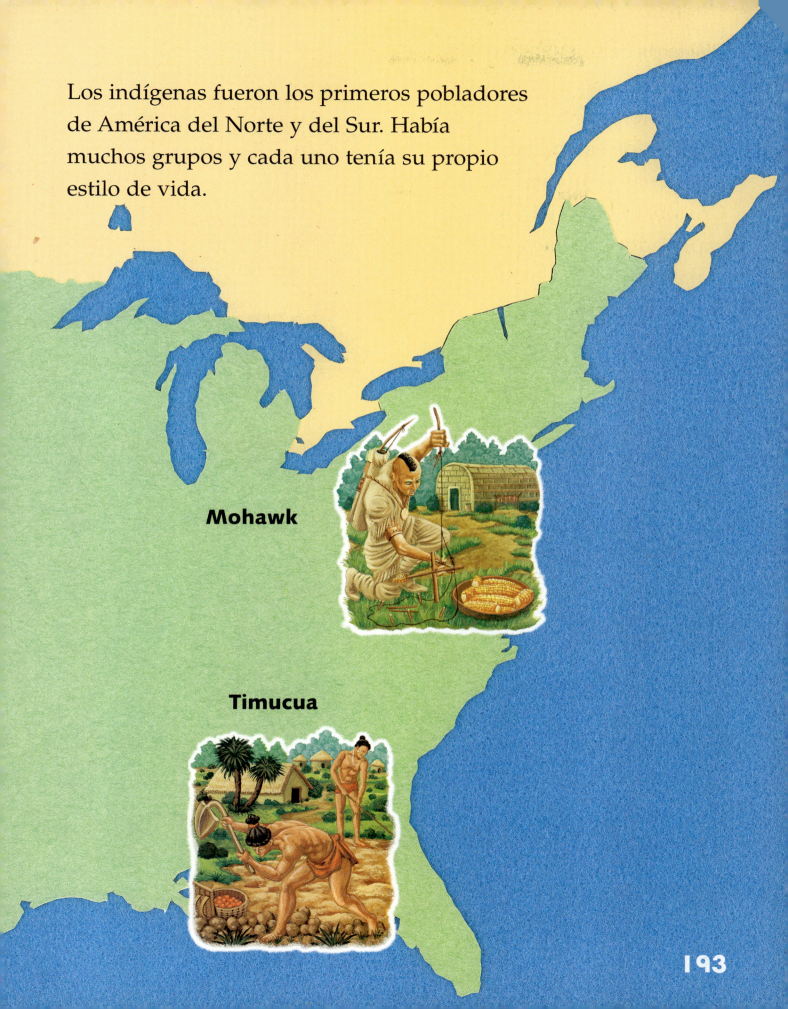

Los indígenas fueron los primeros pobladores de América del Norte y del Sur. Había muchos grupos y cada uno tenía su propio estilo de vida.

**Mohawk**

**Timucua**

Los exploradores llegaron de otros países a América del Norte y del Sur. Un **explorador** es una persona que descubre nuevas tierras. Cristóbal Colón fue un explorador que zarpó de España en 1492. Colón buscaba una nueva ruta a Asia.

Colón y su tripulación navegaron durante muchos días. Finalmente, llegaron a la playa de una isla en América del Norte. Conocieron a los taínos que vivían allí.

Cuando Colón regresó a España, contó a las personas sobre las islas que había hallado. Pronto, otras personas cruzaron el océano para explorar América del Norte y del Sur.

## LECCIÓN 4 Repaso

1. **Vocabulario** ¿Qué **explorador** llegó a América del Norte en 1492?

2. ¿Por qué crees que los exploradores quieren investigar sobre nuevas tierras?

3. Lee sobre uno de los primeros grupos indígenas. Escribe un reporte corto que diga cómo vivían.

195

## Lección 5

# La historia de nuestro país

**Idea principal**
La historia de nuestro país está formada de muchas personas y las cosas que hicieron.

**Vocabulario**
colonizador
libertad

Hace mucho tiempo, personas de muy lejos comenzaron a mudarse a América del Norte. Un grupo fue los peregrinos. Ellos eran **colonizadores** o personas que querían hacer un hogar en un lugar nuevo. Los peregrinos zarparon de Inglaterra en un barco llamado Mayflower.

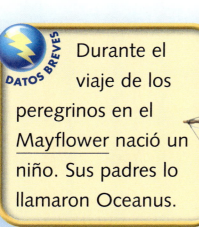

DATOS BREVES
Durante el viaje de los peregrinos en el Mayflower nació un niño. Sus padres lo llamaron Oceanus.

196

Muchos indígenas vivían en América del Norte. Los wampanoag eran los indígenas que vivían donde llegaron los peregrinos. Un hombre wampanoag llamado Squanto vivía con los peregrinos y les enseñó a sembrar maíz.

Los peregrinos agradecían una buena cosecha y celebraban con un gran festín. Algunos wampanoag iban a esta celebración. Actualmente, recordamos este festín con una celebración llamada Día de Acción de Gracias.

197

Más colonizadores llegaron a América del Norte. Allí la tierra le pertenecía a Inglaterra y el pueblo tenía que seguir las leyes de Inglaterra. Ellos pensaban que algunas de las leyes eran injustas.

El 4 de julio de 1776, los líderes estadounidenses firmaron la Declaración de la Independencia. Ésta le decía al rey de Inglaterra que los estadounidenses querían ser libres.

Los estadounidenses lucharon una guerra por la **libertad** o el derecho de tomar decisiones. Actualmente celebramos nuestra libertad con desfiles, picnics y fuegos artificiales. Este día festivo se llama Día de la Independencia. Es el cumpleaños de nuestro país.

¡Deja que repique la libertad!

### LECCIÓN 5 Repaso

1. **Vocabulario** ¿Quiénes son los **colonizadores**?
2. Describe las razones por las que celebramos el Día de Acción de Gracias y el Día de la Independencia.
3. Haz dibujos para mostrar cómo celebran estos días festivos las personas.

**Lección 6**

# Celebrar la historia

**Idea principal**
Celebramos los días festivos para recordar nuestra historia.

**Vocabulario**
veterano
paz

El Día de Acción de Gracias y el Día de la Independencia son días festivos estadounidenses importantes. En otros días festivos también celebramos nuestra historia.

El Día del Dr. Martin Luther King, Jr., honramos a un hombre que luchó por la justicia de todos los americanos. Él dio discursos en los que pedía la igualdad de derechos para todos.

200

El Día de los Presidentes comenzó como el cumpleaños de Washington. Era un día festivo para recordar a nuestro primer presidente. Ahora, es el día para recordar el trabajo de todos nuestros presidentes.

### · BIOGRAFÍA ·

### Abraham Lincoln 1809–1865
**Rasgo de personalidad: Autodisciplina**

La familia de Abraham Lincoln era pobre. Él no pudo asistir a la escuela así que estudió en la casa. Se convirtió en un abogado y más tarde en Presidente de Estados Unidos.

**BIOGRAFÍAS EN MULTIMEDIA**
Visita The Learning Site en **www.harcourtschool.com/biographies** para conocer otros personajes famosos.

En el Día de los Caídos recordamos a las personas que murieron en guerras por nuestro país.

Estamos orgullosos de la bandera de nuestro país. En el Día de la Bandera, las personas despliegan las banderas en sus casas.

202

En el Día de los Veteranos pensamos en los hombres y las mujeres que lucharon en guerras pasadas. Un **veterano** es alguien que ha servido en el ejército. Damos gracias por la **paz**, o sea, un momento de tranquilidad y calma.

### LECCIÓN 6 Repaso

1. **Vocabulario** ¿Cómo han servido a nuestro país los **veteranos**?

2. ¿Cómo nos ayudan a recordar la historia los días festivos?

3. Elige un día festivo del que hayas leído. Describe por qué celebramos ese día festivo.

203

# Destrezas
### MAPAS Y GLOBOS TERRÁQUEOS

# Seguir una ruta en un mapa

**Vocabulario**

ruta

## ▶ Por qué es importante

Las rutas en un mapa nos muestran cómo ir de un lugar a otro.

## ▶ Qué necesitas saber

Piensa en los conductores de autobuses escolares que recogen a los niños para ir a la escuela. Ellos siguen una ruta. Una **ruta** es un camino que lleva de un lugar a otro.

## ▶ Practica la destreza

1. Observa el mapa de la ruta del desfile. ¿Cómo se muestra la ruta del desfile?
2. ¿Dónde comenzará el desfile?
3. ¿En qué dirección irá el desfile en la Tercera Avenida?
4. ¿Por dónde pasará en la Calle Pine?

204

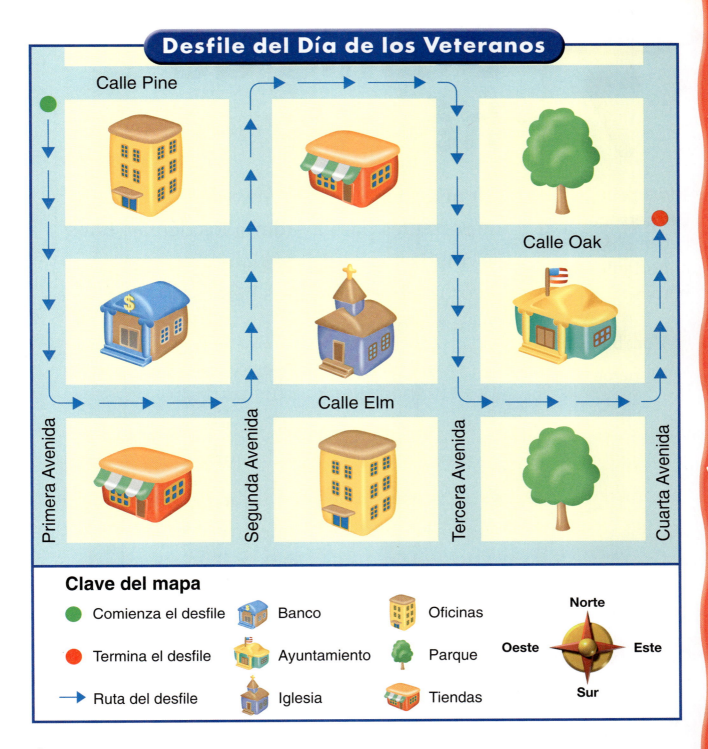

## Aplica lo que aprendiste

Haz un mapa de tu comunidad. Muestra la ruta que sigues de la casa a la escuela.

 Practica tus destrezas con mapas y globos terráqueos con el **CD ROM Geoskills.**

**205**

# Lección 7

## Desfile de héroes

**Idea principal**
Las personas que hacen cosas importantes son héroes.

**Vocabulario**
héroe

Algunas personas hacen cosas valerosas o importantes para ayudar a los demás. Ellos se convierten en **héroes** que queremos recordar. Lee sobre esos héroes de la historia de nuestro país.

❶ **Benjamin Franklin** fue un gran líder de nuestro país. Ayudó a escribir las reglas que seguimos actualmente en nuestro país.

❷ **John Paul Jones** fue un marino que luchó por la libertad de nuestro país. Sus barcos lucharon contra barcos más grandes y ganaron en una importante batalla.

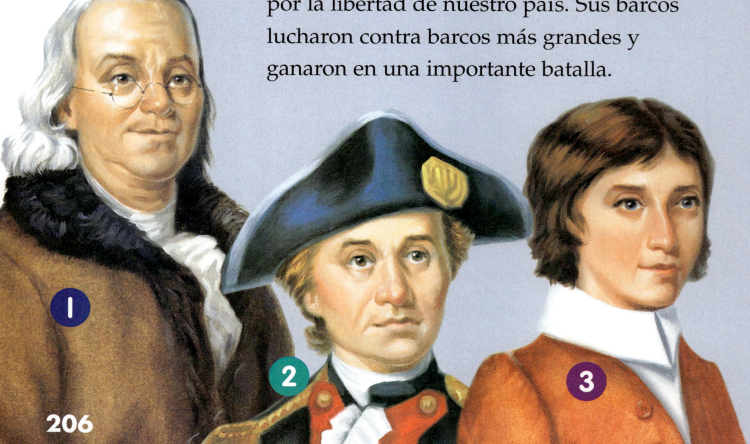

206

3. **Molly Pitcher** también luchó por la libertad. Ella daba agua a los soldados sedientos. También ayudaba a los soldados a disparar los cañones.

4. **Phillis Wheatley** escribía poesía. Uno de sus poemas es sobre George Washington. Ella creía que él era un gran líder.

5. **Sequoyah** fue un indio cherokee. Él quería que su pueblo fuera capaz de leer y escribir su lenguaje. Inventó un alfabeto para que ellos lo usaran.

6. **Jane Addams** fundó un centro comunitario llamado Hull-House en Chicago. Allí, las personas que llegaban de otros países podían aprender inglés y habilidades laborales.

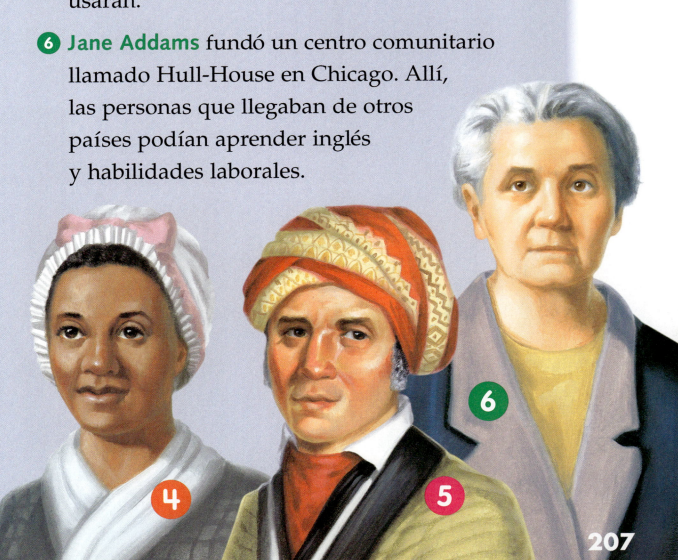

❼ **Ida B. Wells** escribió sobre las maneras en que se trataban injustamente a los afroamericanos. Ella quería que las personas conocieran la verdad para que cambiaran las cosas.

❽ **George Washington Carver** enseñó a los agricultores que sembrar cacahuate mejoraría su tierra. También descubrió muchos usos para los cacahuates.

❾ **Orville and Wilbur Wright** eran hermanos interesados en volar. Trabajaron juntos para hacer y volar uno de los primeros aviones.

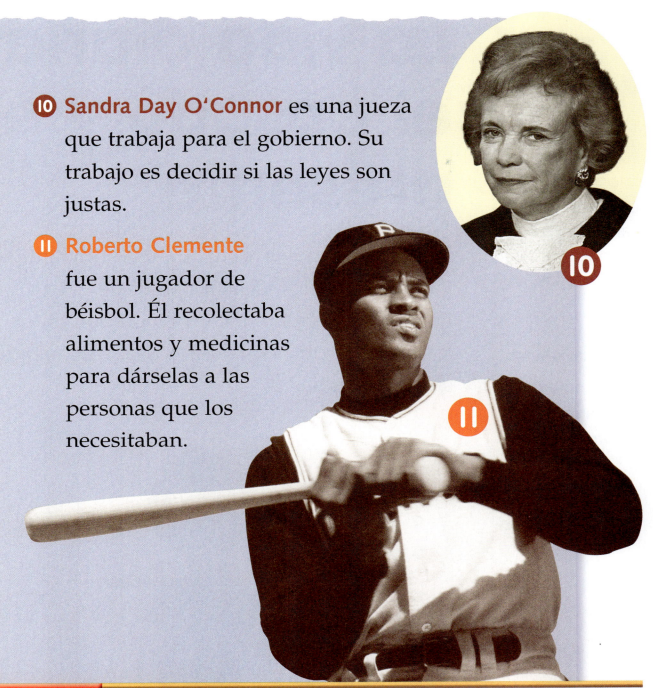

**10** **Sandra Day O'Connor** es una jueza que trabaja para el gobierno. Su trabajo es decidir si las leyes son justas.

**11** **Roberto Clemente** fue un jugador de béisbol. Él recolectaba alimentos y medicinas para dárselas a las personas que los necesitaban.

## LECCIÓN 7 Repaso

**1** **Vocabulario** ¿Por qué son **héroes** algunas personas?

**2** ¿Qué otros héroes conoces?

**3** Compara a dos personas de esta lección. Di en qué se parecen y en qué se diferencian las cosas que hicieron estos héroes.

**Lección 8**

# La vida diaria, el pasado y el presente

**Idea principal**
La tecnología ha cambiado muchas maneras de hacer las cosas.

**Vocabulario**
tecnología
transporte
comunicación
recreación

Tú usas la tecnología cuando usas ropa limpia, vas a la escuela, juegas un juego de vídeos o hablas por teléfono. La tecnología son todos los inventos útiles que usamos. La **tecnología** siempre cambia.

# Herramientas caseras

Las personas siempre hacen herramientas nuevas para facilitar las tareas diarias.

· BIOGRAFÍA ·

### Thomas Alva Edison 1847–1931
**Rasgo de personalidad: Creatividad**

Thomas Edison quería un tipo de luz mejor que las velas y las lámparas de gas. Él hizo un foco eléctrico. Al principio, solo unos cuantos hogares tenían esta nueva tecnología. Ahora las personas de todo el mundo usan luz eléctrica.

**BIOGRAFÍAS EN MULTIMEDIA**
Visita The Learning Site en **www.harcourtschool.com/biographies** para conocer otros personajes famosos.

APRENDE en línea

# Transporte

El **transporte** son maneras de llevar a las personas y las cosas de un lugar a otro. Las personas usan el transporte en tierra, agua y aire.

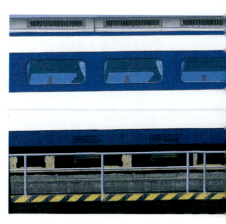

Actualmente los aviones llevan muchos pasajeros.

Las bicicletas han cambiado enormemente con el tiempo.

Los trenes son la manera más rápida que tienen las personas de viajar por tierra.

Hace mucho tiempo, las familias viajaban en carromatos.

Los primeros exploradores viajaban en barco para descubrir lugares nuevos.

213

# Comunicación

Las personas hablan o escriben para compartir ideas y sentimientos diariamente. A esta manera de compartir se le llama **comunicación**.

# Recreación

A las personas les gusta relajarse en su tiempo libre. La **recreación** es cualquier cosa que hacen las personas para divertirse.

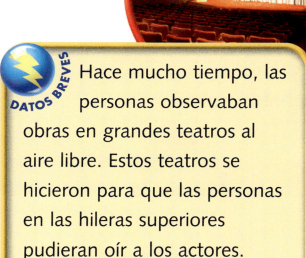

**DATOS BREVES** Hace mucho tiempo, las personas observaban obras en grandes teatros al aire libre. Estos teatros se hicieron para que las personas en las hileras superiores pudieran oír a los actores.

## LECCIÓN 8 Repaso

1. **Vocabulario** ¿Cómo usas la **tecnología** en la escuela?

2. Describe cómo ha cambiado la tecnología, el transporte, la comunicación y la recreación.

3. Haz un cartel. Muestra más herramientas caseras que han cambiado la forma en que las familias hacen sus labores.

# El teléfono

Gracias al teléfono nos podemos comunicar fácilmente con otras personas. Alexander Graham Bell inventó el teléfono. La primera llamada telefónica fue hecha por Bell a su asistente, quien estaba en otro cuarto. Hoy en día, podemos usar el teléfono para hablar con las personas alrededor del mundo.

❶ ¿Cómo crees que se usaban estos primeros teléfonos?

216

**2** ¿Cómo ha cambiado el teléfono?

### Actividad

Elige otro instrumento de comunicación, como por ejemplo, la radio. Busca información sobre cómo ha cambiado con el tiempo.

### Investigación

Visita The Learning Site en
**www.harcourtschool.com/primarysources**
para investigar otras fuentes primarias.

# VISITA

# La aldea de Old Sturbridge

### Prepárate

La aldea de Old Sturbridge es un buen lugar para aprender sobre el pasado. Los actores se visten como las personas que vivieron allí hace más de doscientos años. Hacen los trabajos que hacía la gente para que los visitantes puedan ver cómo era la vida en ese entonces.

### Observa

**1** Los herreros moldean el metal caliente con martillos para fabricar y reparar herramientas.

**2** Los niños juegan un juego llamado rounders en el campo. Este juego se parece al béisbol.

**3** Los niños ayudan a su mamá con los quehaceres hogareños como, por ejemplo, coser.

**4** Los zapateros usan clavijas de madera o hilo para colocarles suela a los zapatos.

### Excursión

**UN PASEO VIRTUAL**
Visita The Learning Site en www.harcourtschool.com/tours para recorrer virtualmente otros lugares históricos.

**UN PASEO AUDIOVISUAL**
Busca un vídeo sobre el tema en el Centro de Multimedia o en la biblioteca del salón de clases.

# Unidad 5
## Repaso y preparación para la prueba

**Resumen visual**

Coloca los siguientes eventos en el orden correcto en la tabla.

- Los exploradores llegaron a América del Norte.
- Los peregrinos se trasladaron a América del Norte.
- Los indígenas vivían en América del Norte y América del Sur.

### Historia de las Américas

| Primero | Próximo | Último |
|---|---|---|
|   |   |   |

### Piensa y escribe

**Haz un dibujo** Piensa sobre un cambio que haya ocurrido en tu familia. Haz un dibujo de ese cambio.

**Escribe una carta** Escribe una carta a un amigo o una amiga o a un miembro de tu familia. Habla sobre el cambio que dibujaste.

### Usa el vocabulario

Da otro ejemplo que explique cada palabra.

| Palabra | Ejemplos | |
|---|---|---|
| ❶ cambiar (pág. 175) | un nuevo maestro en la escuela | |
| ❷ estación (pág. 175) | verano | |
| ❸ historia (pág. 178) | Los peregrinos dan las gracias. | |
| ❹ héroe (pág. 206) | Abraham Lincoln | |
| ❺ tecnología (pág. 210) | luz eléctrica | |

### Recuerda los datos

❻ ¿Qué clase de cambios ocurren con las estaciones del año

❼ ¿En qué año zarpó para las Américas Cristóbal Colón?

❽ ¿Por qué lucharon los americanos para quedar libres de Inglaterra?

❾ ¿Cuál día festivo celebra el cumpleaños de nuestra nación?
  A  el Día de los Presidentes    C  el Día de la Bandera
  B  el Día de los Caídos          D  el Día de la Independencia

❿ ¿Para cuál de los siguientes se usa una bicicleta?
  F  información                   H  comunicación
  G  transporte                    J  historia

**221**

### Piensa críticamente

**11** ¿En qué se parece nuestro actual Día de Acción de Gracias al Día de Acción de Gracias de los peregrinos? ¿En qué se diferencian?

**12** ¿De qué manera sería diferente tu vida si no hubiera teléfonos?

### Aplica tus destrezas con tablas y gráficas

**13** ¿Cuánto tiempo se muestra en esta línea cronológica?

**14** ¿En qué mes nació Theodore Roosevelt?

**15** ¿Cuáles son los dos presidentes que nacieron en el mismo mes?

**16** George W. Bush nació en julio. ¿Pondrías su cumpleaños antes o después del de Thomas Jefferson?

222

**Aplica tus destrezas con mapas y globos terráqueos**

**17** ¿En cuál ruta del autobús se halla la municipalidad?

**18** ¿Cuál ruta pasa por la Quinta Avenida?

**19** ¿Pasa la ruta 2 por la parte oeste o la parte este de la ciudad?

**20** ¿Cuál ruta podrías tomar para ir desde la Tercera Avenida hasta el museo?

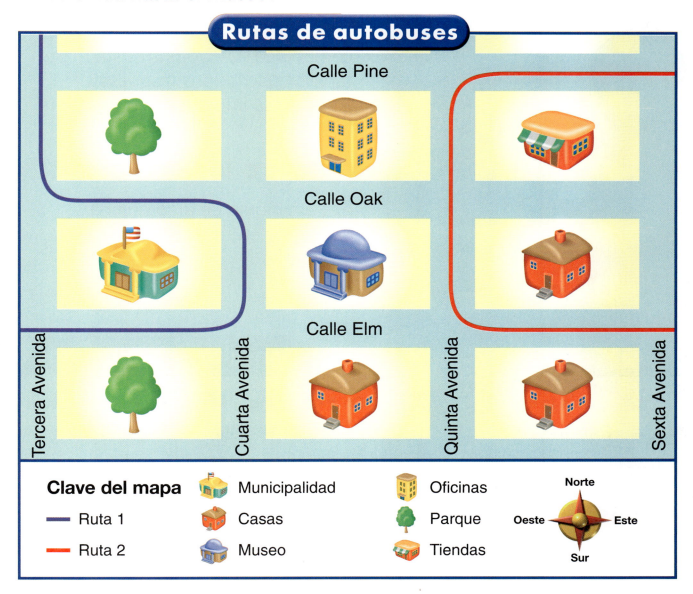

223

# Actividades de la unidad

**Completa el proyecto de la unidad** Trabaja con tu grupo para completar el proyecto de la unidad. Decidan cómo mostrarán la historia de tu comunidad en tu colcha.

APRENDE en línea

Visita The Learning Site en **www.harcourtschool.com/social studies/activities** donde encontrarás más actividades.

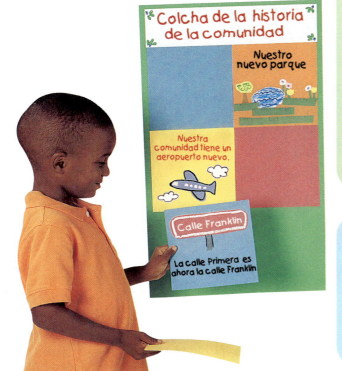

## Entrevista a un miembro de tu familia

Escribe algunas preguntas que quieras hacerle a un miembro de tu familia acerca de la historia de tu comunidad. Luego entrevista a ese familiar. Escribe sus respuestas. Agrega esa información a tu colcha.

## Muestra los cambios

Haz un dibujo de algo que ha cambiado en tu comunidad.
- edificios
- caminos
- lugares

## Consulta la biblioteca

 **This Is the Turkey** por Abby Levine. Max y su familia preparan una cena de Acción de Gracias para la familia y amigos.

 **On the Day the Tall Ships Sailed** por Betty y Michael Paraskevas. Un águila calva vuela sobre la ciudad de Nueva York durante una celebración del Día de la Independencia.

 **The Piano Man** por Debbie Chocolate. Una nieta narra las historias de su abuelo cuando él tocaba el piano para películas mudas.

# Trabajos que hacen las personas

Baúl de herramientas de juguete, 1910

# Unidad 6

# Trabajos que hacen las personas

"No hay sustituto para el trabajo arduo".
– Thomas Edison, *Life*, 1932

## Presentación del contenido

Mientras lees, busca ideas principales sobre los trabajos que hacen las personas. Al final de esta unidad, escribe una oración para resumir o decir en pocas palabras sobre lo que trata la unidad.

```
   Idea              Idea
 principal         principal
      \              /
       \            /
        Oración de resumen
```

225

## Presentación del vocabulario

**bienes** Cosas que se pueden comprar y vender. (pág. 240)

**servicios** Trabajo hecho para otros por dinero. (pág. 242)

Gana y gasta.

**fábrica** Edificio en el que las personas usan máquinas para hacer bienes. (pág. 244)

**mercado** Lugar donde las personas compran y venden bienes. (pág. 258)

**intercambiar** Cambiar una cosa por otra. (pág. 268)

# Hora de la congestión

por Christine Loomis
ilustrado por Mari Takabayashi

Averigua en qué trabajan las personas de esta ciudad ajetreada.

Suenan los despertadores,
nace un nuevo día
y con muchos bostezos
se despiertan los dormilones.

Las regaderas salpican,
los dientes nos
cepillamos, el
cabello lo peinamos
y el desayuno con
apuro tomamos.

Salen de sus casas,
los padres y las
madres, cargando
herramientas o
libros y libretas.

Algunos van solos
y otros con coches,
caminantes, corredores,
lectores, patinadores.

**Corriendo, saltando, hacia los trenes, metros, autobuses, botes y aviones,**

taxis, bicicletas, compartiendo camionetas, carros azules, rojos y tostados, con motores que al prender roncan. Apresurada va la gente a trabajar.

Las cornetas y los silbatos suenan, los camiones van lentos y los aviones vuelan.
Los tranvías vibran, los botes se tambalean
y las agujas del reloj la hora nos enseñan.

230

Carros en las calles,
trenes en los rieles,
zumbando,
ronroneando,
chasqueando.

Retumbando,
atormentando,
meneándose,
saltando.

Cruce a la izquierda,
cruce a la derecha,
retrocediendo
y chocando.

Por túneles,
en autopistas,
por puentes,
caminos y desvíos,
por ríos
y en el aire
¡la gente se apresura
con donaire!

**En un pestañear de ojos,
todos desaparecen.
Trenes y túneles
vacíos, sin gente.
Silencio en las calles,
no hay muchedumbres.**

Las personas comenzaron sus trabajos.

Cuando se acaba el día,
cada trabajo termina.
Los trabajadores dicen
adiós a todos sus amigos.

Luego se apresuran
a tomar el tren,
el metro, el autobús,
los botes y los aviones,
los taxis y las bicicletas,
y también camionetas,
los carros rojos,
azules y tostados.

Por el río,
bajo tierra,
el tráfico se mueve
de regreso a casa.
Por puentes,
carreteras y desvíos,
túneles
y autopistas,

cruce a la derecha,
cruce a la izquierda,
retrocediendo
chocando,
retumbando,
atormentando,
meneándose,
saltando.

Zumbando,
ronroneando,
chasqueando,
chachareando,
carros en las calles
y trenes en los rieles.

Las cornetas y
los silbatos suenan,

las luces de la noche
su resplandor muestran.

Las puertas se abren,
los niños corriendo van.

Y madres y padres
por fin en la casa están.

## Piénsalo

1. ¿En qué se parecen los trabajadores en este cuento a los trabajadores en tu comunidad? ¿En qué se diferencian?

2. Haz un dibujo de ti mismo haciendo un trabajo que te guste.

### Lee un libro

### Comienza el proyecto de la unidad

**Panfleto de un acontecimiento** Tu clase creará un panfleto de un acontecimiento en tu escuela. Mientras lees esta unidad piensa en cuántas personas trabajan juntas para completar un trabajo.

### Usa la tecnología

Visita The Learning Site en **www.harcourtschool.com/ socialstudies** para obtener actividades adicionales, fuentes primarias y otros recursos para usar en esta unidad.

239

**Lección 1**

# Bienes y servicios

**Idea principal**
Las personas dependen unas de otras para obtener bienes y servicios.

**Vocabulario**
bienes
servicios

Al igual que las personas en Hora de la congestión, las personas en tu comunidad están ocupadas trabajando todos los días. Algunas hacen bienes. Los **bienes** son cosas que las personas hacen y venden.

pizzero

ebanista

artesana

pasteleros

costurera

oficinista

Otros trabajadores prestan servicios. Los **servicios** son trabajos que las personas hacen para otros por dinero.

barbero

empleado de mudanzas

médico

mecánica

### LECCIÓN 1 Repaso

1. **Vocabulario** Nombra algunos **bienes** y **servicios**.
2. ¿Cómo dependes de los trabajadores de la comunidad?
3. Haz una tabla que muestre los bienes y servicios que usas.

**Lección 2**

# Una fábrica de lápices

**Idea principal**
Las personas trabajan juntas para hacer bienes en una fábrica.

**Vocabulario**
fábrica

Piensa en el lápiz con que escribes. Se necesitan recursos para hacer lápices. También se necesita que muchas personas trabajen juntas para hacerlos. Los lápices se hacen en una fábrica.

Una **fábrica** es un edificio en el que las personas usan máquinas para hacer bienes.

Se necesita madera para los lápices, así que los leñadores talan árboles. Los camioneros llevan los troncos a la fábrica. Luego, los guardabosques siembran árboles nuevos.

Los trabajadores de la fábrica cortan la madera en franjas anchas y delgadas llamadas tablillas. Se hacen ranuras en las tablillas.

245

③ Luego colocan una mina dentro de cada ranura.

④ Después otros trabajadores les pegan tablillas vacías encima.

246

Más adelante cortan la tablilla para separar los lápices.

En otra parte de la fábrica, se pintan los lápices.

**247**

Más trabajadores pegan las gomas de borrar a los lápices. Finalmente, los lápices están listos para llevarse a las tiendas y venderse.

248

• GEOGRAFÍA •

### Grafito de China

Anteriormente, el mejor grafito para la mina de un lápiz provenía de China. Los lápices hechos con grafito de China se pintaban de amarillo, un color usado por líderes chinos. Esto mostraba que eran hechos con el mejor grafito.

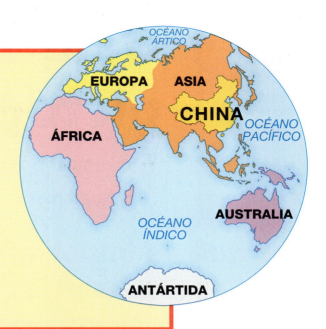

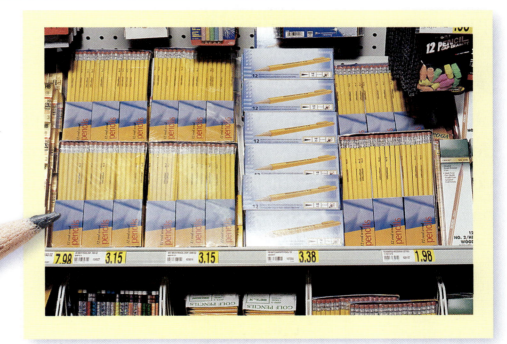

## LECCIÓN 2 Repaso

**1** **Vocabulario** ¿Qué es una **fábrica**?

**2** ¿Cómo trabajan las personas juntas para hacer algo?

**3** Escribe un párrafo para describir a un buen trabajador.

# Destrezas
## TABLAS Y GRÁFICAS

# Usar un pictograma

**Vocabulario**

pictograma

## ▶ Por qué es importante

Un **pictograma** es una tabla que usa ilustraciones para representar números de cosas. La clave te dice qué representa cada ilustración.

## ▶ Qué necesitas saber

El título te dice de qué trata la tabla. El símbolo del lápiz en la clave representa una caja de lápices vendida. Observa cada hilera de izquierda a derecha para ver cuántas cajas se vendieron cada día.

## Practica la destreza

1. Observa el pictograma. ¿Durante cuántos días se vendieron los lápices?

2. ¿Cuántas cajas se vendieron el viernes?

3. ¿Qué día se vendió la mayoría de las cajas?

4. ¿Se vendieron más cajas el miércoles o el jueves?

## Aplica lo que aprendiste

Haz un pictograma para mostrar cuántos libros leíste cada día durante una semana.

# Lección 3

## Por qué las personas trabajan

**Idea principal**
Las personas trabajan para ganar dinero para comprar lo que necesitan.

**Vocabulario**
negocio
dinero
voluntario

El Sr. Taylor tiene su propio negocio. Un **negocio** es una actividad en la que las personas hacen o venden bienes o prestan servicios. Lo hacen para ganar dinero. El Sr. Taylor usa el **dinero** para comprar los bienes y servicios que necesita.

Uno de los trabajos del Sr. Taylor es ayudar a las personas a planear sus jardines. A veces, él trabaja de voluntario en las escuelas, ayudando a los niños a plantar jardines. Él no recibe dinero por su trabajo cuando sirve de **voluntario**.

### LECCIÓN 3
### Repaso

1. **Vocabulario** ¿Cómo usan las personas el **dinero**?
2. ¿Por qué crees que las personas trabajan como voluntarios?
3. Busca una ilustración de alguien trabajando. Escribe una oración sobre la ilustración.

253

## Lección 4

# Los trabajos cambian

**Idea principal**
Los tipos de trabajo que hacen las personas y cómo lo hacen cambian con el tiempo.

**Vocabulario**
robot

La nueva tecnología puede cambiar la manera de trabajar de las personas. Puede agilizar y facilitar el trabajo. A veces, las personas deben aprender nuevas formas de hacer sus trabajos.

254

255

La nueva tecnología significa que algunos trabajos no se necesitan. Los mercados ahora tienan congeladores y neveras. Así que ya no se necesitan trabajadores para repartir hielo y leche a las casas. Ya no se necesitan trabajadores especiales para hacer funcionar los ascensores.

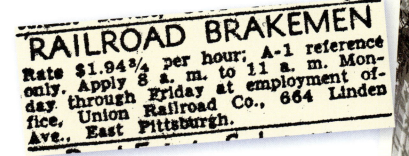

Con la nueva tecnología se crean nuevos trabajos. Las personas usan robots en algunos trabajos. Un **robot** es una máquina dirigida por una computadora para efectuar un trabajo. Muchas personas usan computadoras en la oficina.

· BIOGRAFÍA ·

**Ellen Ochoa**
nació en 1955
**Rasgo de personalidad: Cooperación**

Ellen Ochoa es una astronauta. Ha viajado al espacio varias veces. En uno de sus viajes, ella y otros astronautas llevaron bienes a la Estación espacial internacional.

APRENDE en línea

**BIOGRAFÍAS EN MULTIMEDIA**
Visita The Learning Site en
**www.harcourtschool.com/biographies**
para conocer otros personajes famosos.

## LECCIÓN 4 Repaso

1. **Vocabulario** ¿Cómo los **robots** ayudan a las personas en el trabajo?
2. Describe cómo la tecnología ha cambiado la manera de trabajar de las personas.
3. Diseña una máquina que te podría ayudar a hacer un trabajo.

# Lección 5

# Compradores y vendedores

**Idea principal**
Las personas pueden ser compradores o vendedores o ambas cosas.

**Vocabulario**
mercado
ahorrar

Nuestra comunidad tiene un gran mercado al aire libre. Un **mercado** es un lugar donde las personas compran y venden bienes.

Hoy tengo dinero para gastar en el mercado. Voy a usarlo para comprar un regalo de cumpleaños para mi hermano.

Los vendedores del mercado usan parte del dinero que ganan para comprar cosas que necesitan. **Ahorran**, o sea, guardan dinero para el futuro. Ellos colocan este dinero en el banco. Un banco es un lugar seguro para guardar dinero.

Ahorra para el futuro.

### LECCIÓN 5 Repaso

1. **Vocabulario** ¿Qué hace la gente en un **mercado**?
2. ¿Qué puedes hacer con el dinero que no gastas?
3. Dibuja un mapa que muestre seis lugares donde los compradores podrían gastar dinero.

# Destrezas
## Tablas y gráficas

# Usar una gráfica de barras

**Vocabulario**

gráfica de barras

## ▶ Por qué es importante

Puedes hallar algunos tipos de información más fácilmente en una gráfica de barras. Una **gráfica de barras** usa barras para mostrar cuánto o cuántos hay.

## ▶ Qué necesitas saber

El título te dice que esta gráfica muestra el número de bayas vendidas en el mercado. La gráfica tiene hileras que observas de izquierda a derecha. La ilustración muestra el tipo de baya. Cada bloque coloreado representa una cesta de bayas. Los bloques muestran cuántas cestas se vendieron.

## Practica la destreza

1. Observa la gráfica de barras. ¿Qué tipo de baya se vendió más?

2. ¿Se vendieron más moras o frambuesas?

3. ¿Qué tipo de baya se vendió menos?

## Aplica lo que aprendiste

Haz una gráfica de barras para mostrar los tipos de bocadillos que les gusta comer a los niños de tu clase.

## Lección 6

# Queremos más o menos

**Idea principal**
Las personas deben tomar decisiones para lo que quieren.

**Vocabulario**
deseos

La familia Jacobs va a comprar una casa. Hay cosas que necesitan en su nuevo hogar. Hay otras cosas que simplemente desean tener, como un garaje, un patio y una chimenea. **Deseos** son cosas que nos gustaría tener.

No quieren gastar todo su dinero. Saben que necesitan dinero para comida, ropa, gastos médicos y otras necesidades. Ellos hacen un presupuesto o plan para comprar lo que necesitan. Usan lo que queda para comprar las cosas que desean.

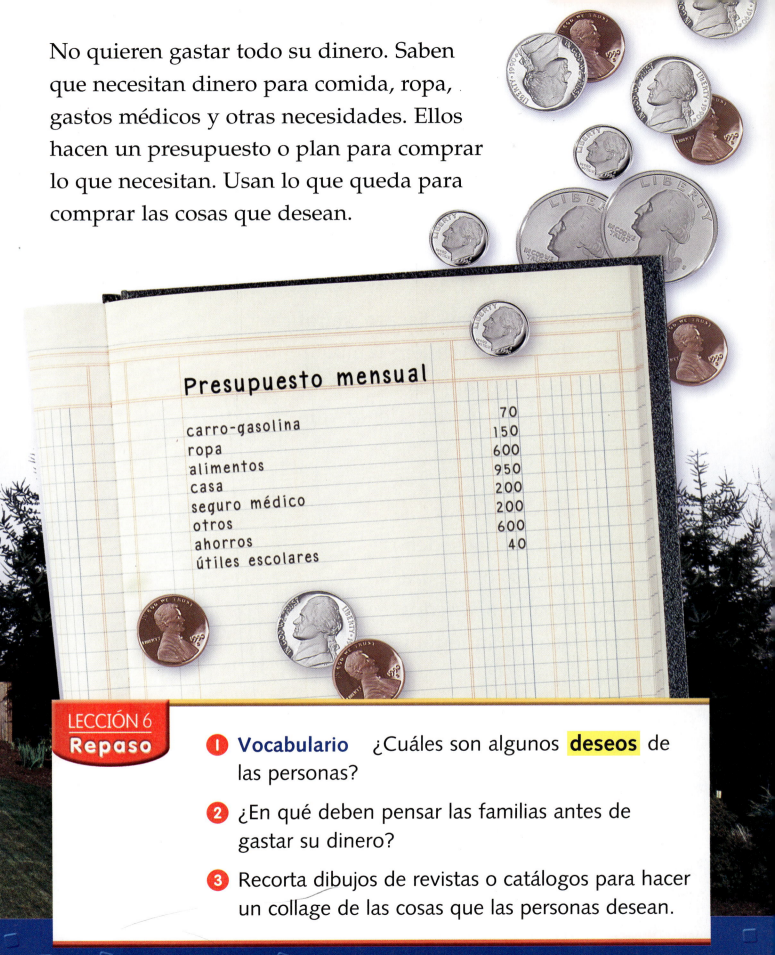

Presupuesto mensual

| | |
|---|---|
| carro-gasolina | 70 |
| ropa | 150 |
| alimentos | 600 |
| casa | 950 |
| seguro médico | 200 |
| otros | 200 |
| ahorros | 600 |
| útiles escolares | 40 |

## LECCIÓN 6 Repaso

1. **Vocabulario** ¿Cuáles son algunos **deseos** de las personas?

2. ¿En qué deben pensar las familias antes de gastar su dinero?

3. Recorta dibujos de revistas o catálogos para hacer un collage de las cosas que las personas desean.

# Destrezas CIVISMO

# Tomar decisiones al comprar

**Vocabulario**

escaso

## ▶ Por qué es importante

Algunas cosas son escasas. **Escaso** significa que no hay suficiente. El dinero también puede ser escaso. Las familias no pueden comprar todo lo que quieren. Tienen que tomar decisiones.

## ▶ Qué necesitas saber

Cuando tomas decisiones, debes renunciar a algunas cosas para obtener lo que quieres. Puedes seguir estos pasos cuando tomes una decisión.

**Paso 1** Decide si las opciones son necesidades o deseos.

**Paso 2** Piensa en qué renunciarás al obtener cada opción.

**Paso 3** Toma la decisión.

## Practica la destreza

1. Estudia las ilustraciones para ver cómo la familia Jacobs piensa gastar su dinero.
2. Sigue los pasos para decidir qué opción crees que la familia debe elegir.
3. Di por qué crees que la familia debe elegir esa opción.

## Aplica lo que aprendiste

Ve de compras con tu familia y hablen de las decisiones que tu familia debe tomar.

267

## Lección 7

# Intercambiar con los demás

**Idea principal**
Las personas de todo el mundo dependen unas de otras.

**Vocabulario**
intercambiar

Intercambiamos cosas que deseamos o necesitamos. Al **intercambiar**, damos algo para recibir algo.

Las personas usan dinero para intercambiar.

Las personas intercambian servicios.

Las personas intercambian bienes.

**DATOS BREVES** La barajita de béisbol de Honus Wagner de 1909 es tan rara que se vendió por más de un millón de dólares.

Piensa en los bienes que usas diariamente. Muchos de estos bienes se fabricaron en otros países. Las personas de todo el mundo intercambian unas con otras.

Algunos bienes hechos en Estados Unidos se fabrican con partes hechas en otros países.

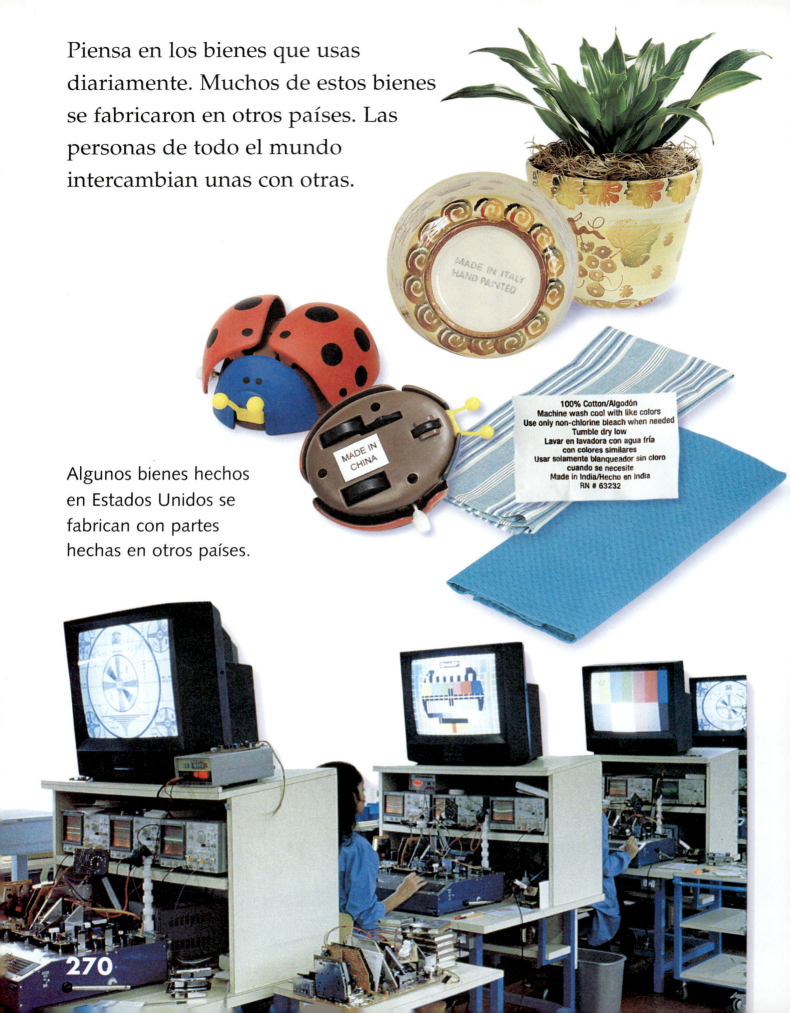

## Míralo en detalle
### Ropa de todo el mundo

Tú puedes investigar con qué países intercambia Estados Unidos. Mira las etiquetas de tu ropa. Verás que tu ropa proviene de todas partes del mundo.

¿Por qué algunas etiquetas están escritas en varios lenguajes?

271

Las personas llevan sus bienes al mercado de muchas formas. Algunos bienes no necesitan ir muy lejos. En Tailandia, botes pequeños llevan alimentos y otros bienes a los mercados cercanos.

A veces, los bienes se envían a mercados de otros países. Los barcos y aviones hacen posible que se envíen alimentos que cosechamos y cosas que hacemos en Estados Unidos a mercados de todo el mundo.

Las personas de todo el mundo intercambian bienes para obtener las cosas que necesitan y quieren.

### LECCIÓN 7 Repaso

1. **Vocabulario** ¿Cómo podemos **intercambiar** con los demás?

2. ¿Cómo el intercambio ayuda a las personas de todo el mundo a satisfacer sus necesidades?

3. Haz una lista de servicios o bienes que puedas intercambiar por servicios o bienes que quieras.

273

# VISITA
## Las personas trabajan

### Prepárate

Las personas tienen diferentes trabajos en una comunidad. Muchas personas trabajan en oficinas. Otras trabajan al aire libre. Algunas personas usan uniformes para trabajar. Hay personas trabajando por todas partes.

### Observa

Dentista

Tendero

Obrero

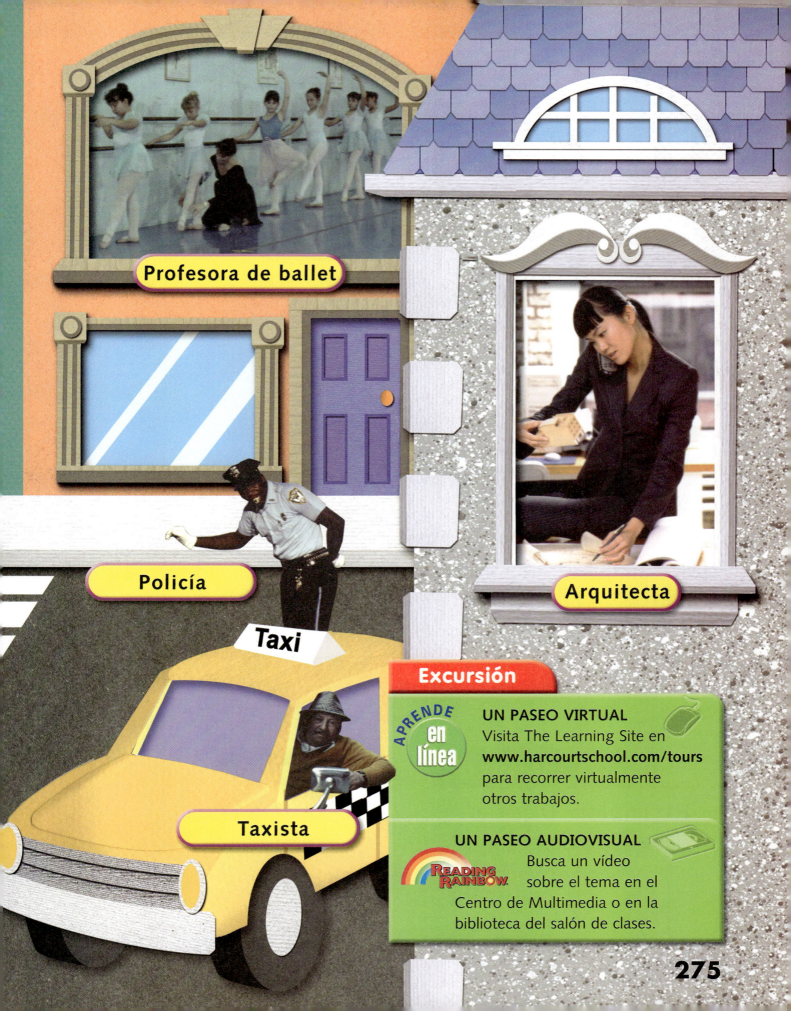

# Unidad 6

# Repaso y preparación para la prueba

**Resumen visual**

Escribe sobre lo que aprendiste de las ideas principales de esta unidad.

- Las personas fabrican y venden bienes
- Las personas ofrecen servicios.

**Oración resumen**

## Piensa y escribe

**Haz una lista** Enumera cinco trabajadores que conoces en tu comunidad.

**Escribe una pregunta** Elige un trabajador. Escribe algo que desees saber acerca del trabajo que esta persona hace.

### Usa el vocabulario

Llena los espacios en blanco con las palabras correctas.

> **bienes** (pág. 240)
> **fábrica** (pág. 244)
> **mercados** (pág. 258)
> **intercambiar** (pág. 268)

Las personas trabajan juntas en una ❶ _____ para elaborar ketchup, mostaza y sopa. Cuando los ❷ _____ están terminados, se colocan en camiones. Los camiones transportan los bienes a ❸ _____, donde se venden. Las personas deben ❹ _____ dinero por bienes en los mercados.

### Recuerda los datos

❺ Menciona dos servicios en tu comunidad que usa tu familia.

❻ ¿Qué hacen las personas para intercambiar bienes y servicios?

❼ ¿Cómo cambia la tecnología el estilo de vida de las personas?

❽ ¿Por qué los habitantes de un país intercambian bienes con los habitantes de otro país?

❾ ¿Cuál de los siguientes trabajadores fabrica bienes?
   **A** panadero
   **B** médico
   **C** peluquero
   **D** chofer de autobús

❿ ¿Cuál de los siguientes es un deseo?
   **F** sándwich
   **G** chaqueta
   **H** televisor
   **J** casa

**Piensa críticamente**

11. ¿Qué nuevos trabajos podrá haber en el futuro?

12. ¿Por qué crees que ahorramos dinero?

**Aplica tus destrezas con tablas y gráficas**

| Pacientes | |
|---|---|
| Lunes | 🩺 🩺 🩺 |
| Martes | 🩺 🩺 🩺 🩺 🩺 🩺 |
| Miércoles | 🩺 🩺 |
| Jueves | 🩺 🩺 🩺 🩺 |
| Viernes | 🩺 🩺 🩺 🩺 🩺 |

**Clave**
🩺 = un paciente

13. ¿Qué muestra este pictograma?

14. ¿En qué día el médico examinó a menos pacientes?

15. ¿En qué día el médico examinó a más pacientes?

16. ¿Vio el médico más pacientes el lunes o el martes?

**Aplica tus destrezas con tablas y gráficas**

**De dónde vienen las camisas de Ryan**

17 ¿De qué países tiene camisas Ryan?

18 ¿De qué país son la mayoría de sus camisas?

19 ¿Tiene Ryan más camisas de Estados Unidos o de Taiwán?

20 ¿Cuántas camisas de Ryan son de México?

279

# Actividades de la unidad

**Completa el proyecto de la unidad** Trabaja con tu grupo para completar el proyecto de la unidad. Decidan qué información van a colocar en su panfleto.

Visita The Learning Site en **www.harcourtschool.com/social studies/activities** donde encontrarás más actividades.

## Elige un trabajo

Elige uno de los trabajos que se necesitan para hacer el panfleto.
- hacer ilustraciones
- escribir información
- doblar los panfletos
- repartir los panfletos

## Escribe una invitación

Piensa sobre cómo invitar a las personas a tu evento. Haz un panfleto llamativo. Recuerda de indicar qué, cuándo y dónde.

## Consulta la biblioteca

**Market Day** por Lois Ehlert. Ve artículos hechos a mano desde todas partes del mundo que se venden en un mercado.

**Messenger, Messenger** por Robert Burleigh. Un mensajero en bicicleta hace repartos por toda la ciudad.

**When I'm Big** por Tim Drury. En un día lluvioso, un hermano y su hermana se imaginan trabajos que pudieran tener cuando sean grandes.

280

# Para tu referencia

**Diccionario biográfico**
282

**Glosario ilustrado**
284

**Índice**
303

# Diccionario biográfico

Este diccionario biográfico lista muchas de las personas importantes presentadas en este libro. El número de página indica el comienzo del comentario principal acerca de cada persona. Vea el Índice para otras referencias de páginas.

**Addams, Jane** (1860–1935) Americana que fundó la Hull–House en Chicago para ayudar a los pobres. pág. 207

**Austin, Stephen F.** (1793–1836) Americano que emprendió una colonia en Texas. pág. 189

**Barton, Clara** (1821–1912) Fundadora de la Cruz Roja Americana. Fue su primera presidenta. pág. 69

**Bell, Alexander Graham** (1847–1922) Americano que inventó el teléfono. También entrenó a maestros para ayudar a personas con pérdidas auditivas. pág. 216

**Bellamy, Francis** (1855–1931) Ministro americano. Escribió el Juramento a la bandera en 1892. pág. 41

**Bethune, Mary McLeod** (1875–1955) Maestra afroamericana. Su trabajo dio la oportunidad de asistir a la escuela a otros afroamericanos. pág. 15

**Bush, George W.** (1946– ) 43º presidente de Estados Unidos. Su padre fue el cuadragésimo primer presidente. pág. 54

**Carver, George Washington** (1864–1943) Científico afroamericano. Su trabajo ayudó a los agricultores a sembrar mejores cultivos. pág. 208

**Clemente, Roberto** (1934–1972) Jugador de béisbol puertorriqueño famoso que ayudó a muchas personas. pág. 209

**Colón, Cristóbal** (1451–1506) Explorador italiano que zarpó a las Américas. pág. 194

**Douglas, Marjory Stoneman** (1890–1998) Escritora americana. Trabajó para proteger el Everglades de Florida. pág. 115

**Edison, Thomas** (1847–1931) Americano que inventó el foco y muchas cosas más. pág. 211

**Esopo** Griego que contaba fábulas que los niños aún disfrutan. pág. 150

**Franklin, Benjamin** (1706–1790) Líder, escritor e inventor americano. Ayudó a redactar la Declaración de Independencia. pág. 206

**Hale, Nathan** (1755–1776) Héroe americano que fue atrapado por los británicos. pág. 68

**Houston, Sam** (1793–1863) Americano que dirigió a Texas en la lucha por su independencia. pág. 69

**Jefferson, Thomas** (1743–1826) Tercer presidente de Estados Unidos. Fue el redactor principal de la Declaración de Independencia. pág. 57

**Jones, John Paul** (1747–1792) Comandante de la marina americana en la Guerra Revolucionaria. pág. 206

**King, Martin Luther, Jr.** (1929–1968) Ministro y líder afroamericano. Trabajó para ganar los derechos civiles para todos los americanos. pág. 200

**Kwolek, Stephanie** (1923– ) Inventora americana. Halló la manera de hacer una tela más fuerte que el acero. pág. 70

**Lincoln, Abraham** (1809–1865) 16° presidente de Estados Unidos. Logró que la posesión de esclavos fuera contra la ley. pág. 201

**O'Connor, Sandra Day** (1930– ) Primera jueza de la Corte Suprema de Estados Unidos. pág. 209

**Ochoa, Ellen** (1955– ) Astronauta americana. Primera mujer hispana en ir al espacio. pág. 257

**Oglethorpe, James** (1696–1785) Colonizador inglés que estableció la colonia de Georgia. pág. 189

**Penn, William** (1644–1718) Colonizador inglés que emprendió la colonia de Pennsylvania. pág. 188

**Pitcher, Molly** (¿1754?–1832) Sobrenombre de Mary Hays McCauly. Llevaba jarras de agua a los soldados en la Guerra Revolucionaria. pág. 207

**Roosevelt, Eleanor** (1884–1962) Esposa del presidente Franklin Roosevelt. Trabajó para mejorar la vida de los pobres y los niños. pág. 70

**Sequoyah** (¿1765?–1843) Líder cherokee. Creó una manera de escribir el lenguaje cherokee. pág. 207

**Wagner, Honus** (1874–1955) Uno de los jugadores de béisbol más importantes de la historia. Su posición era campocorto. pág. 269

**Washington, George** (1732–1799) Primer presidente de Estados Unidos. Se conoce como "el padre de nuestro país". pág. 56

**Wells, Ida B.** (1862–1931) Escritora periodista afroamericana. Ayudó a aprobar leyes para el trato justo de los afroamericanos. pág. 208

**Wheatley, Phillis** (¿1753?–1784) Poeta afroamericano. pág. 207

**Wright, Orville** (1871–1948) y **Wilbur** (1867–1912) Primeros americanos en volar un avión de motor. pág. 208

# Glosario ilustrado

**A**

**ahorrar**
Guardar algo, como el dinero, para usar más tarde. (pág. 260)

**ayer**
El día antes de hoy. (pág. 174)

**alcalde**
Líder del gobierno de una ciudad o un pueblo. (pág. 50)

**B**

**bandera**
Tela con un diseño especial que representa un país o un grupo. (pág. 62)

**aprender**
Descubrir algo nuevo. (pág. 6)

**barrio**
La parte de una comunidad donde vive un grupo de personas. (pág. 94)

284

**bienes**
Cosas que se pueden comprar y vender. (pág. 240)

**boleta electoral**
Papel que muestra las opciones para votar. (pág. 58)

**bosque**
Área de árboles muy extensa. (pág. 109)

**calendario**
Cuadro que muestra los días, las semanas y los meses de un año. (pág. 158)

**cambiar**
Hacerse diferente. (pág. 175)

**causa**
Lo que hace que algo suceda. (pág. 190)

GLOSARIO ILUSTRADO

**celebración**
Momento de sentirse feliz por algo especial. (pág. 154)

**clave del mapa**
La parte de un mapa que muestra lo que significan los símbolos. (pág. 96)

**ciudad**
Pueblo muy grande. (pág. 50)

**colina**
Terreno que se eleva sobre la tierra que lo rodea. (pág. 100)

**ciudadano**
Persona que vive y pertenece a una comunidad. (pág. 68)

**colonizador**
Una de las primeras personas que construye un hogar en un lugar nuevo. (pág. 196)

**286**

**compartir**
Decir a los demás lo que sabemos o pensamos. (pág. 7)

**contaminación**
Cualquier cosa que ensucia el aire, la tierra o el agua. (pág. 114)

**comunicación**
Compartir ideas e información. (pág. 214)

**continente**
Una de las siete áreas de terreno importantes sobre la Tierra. (pág. 105)

**comunidad**
Grupo de personas que viven o trabajan juntas. (pág. 46)

**costumbre**
Forma en que un grupo de personas hace algo. (pág. 160)

**cultura**
Forma de vida de un grupo. (pág. 143)

**desierto**
Área de tierra extensa y árida. (pág. 119)

## D

**derecho**
Una libertad. (pág. 72)

**detalle**
Información adicional sobre algo. (pág. 8)

**deseos**
Cosas que a las personas les gustaría tener pero que no necesitan. (pág. 264)

**diagrama**
Dibujo que muestra las partes de algo. (pág. 182)

**día festivo**
Un día para celebrar o recordar algo. (pág. 154)

**direcciones**
La manera de hallar algo. (pág. 106)

**dinero**
Las monedas y los billetes que se usan para comprar cosas. (pág. 252)

**director**
Líder de una escuela. (pág. 14)

**dirección**
Los números y las palabras que indican dónde está un edificio. (pág. 84)

**distancia**
Qué tan lejos se encuentra un lugar de otro. (pág. 152)

**efecto**
Lo que sucede debido a una causa. (pág. 190)

**escuela**
Lugar donde las personas van a aprender. (pág. 4)

**escala del mapa**
La parte de un mapa que ayuda a hallar la distancia entre dos lugares. (pág. 152)

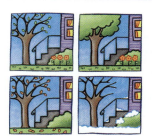

**estación**
Una de las cuatro partes del año que tienen diferentes tipos de clima. (pág. 175)

**escaso**
Limitado en cantidad o difícil de hallar. (pág. 266)

**estado**
Parte de un país. (pág. 52)

### explorador
La primera persona que va a buscar información sobre un lugar. (pág. 194)

### ficción
Historias que se inventan. (pág. 66)

### fábrica
Edificio en el que las personas usan máquinas para fabricar bienes. (pág. 244)

### frontera
Línea en un mapa que muestra dónde termina un estado o un país. (pág. 52)

### fábula
Historia inventada que enseña una lección. (pág. 150)

### función
Papel que desempeña una persona en un grupo o una comunidad. (pág. 134)

**291**

**futuro**
La época que está por venir. (pág. 186)

**gobierno**
Grupo de ciudadanos que dirige una comunidad, un estado o un país. (pág. 51)

## G

**globo terráqueo**
Un modelo de la Tierra. (pág. 104)

**gráfica de barras**
Gráfica que usa barras para mostrar cuánto o qué cantidad. (pág. 262)

**gobernador**
Líder del gobierno de un estado. (pág. 51)

**granja**
Lugar donde se siembran cultivos y se crían animales como alimentos. (pág. 108)

**grupo**
Número de personas que trabajan juntas. (pág. 12)

**herramienta**
Algo que usa una persona para trabajar. (pág. 24)

**hecho**
Información que es verdadera. (pág. 66)

**historia**
El relato de lo que sucedió en el pasado. (pág. 178)

**héroe**
Persona que ha hecho algo valiente o importante. (pág. 206)

**hoy**
Este día. (pág. 174)

**293**

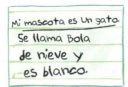

### idea principal
De lo que trata principalmente la información que se está leyendo. (pág. 8)

### justo
Que se hace de una manera correcta y honesta. (pág. 11)

### intercambiar
Dar una cosa para recibir otra. (pág. 268)

### lago
Masa de agua rodeada de tierra. (pág. 99)

### isla
Porción de tierra rodeada de agua. (pág. 101)

### lenguaje
Las palabras o señas que usan las personas para comunicarse. (pág. 132)

  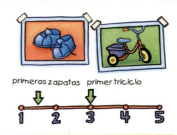

**ley**
Regla que deben seguir las personas de una comunidad. (pág. 46)

**línea cronológica**
Línea que muestra cuándo suceden los eventos. (pág. 176)

 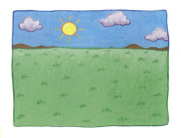

**libertad**
El derecho de las personas de tomar sus propias decisiones. (pág. 199)

**llanura**
Terreno que es casi totalmente plano. (pág. 100)

**líder**
Persona que ayuda a un grupo a planificar lo que hay que hacer. (pág. 48)

**maestra**
Persona que ayuda a otros a aprender. (pág. 14)

295

**mañana**
El día después de hoy. (pág. 174)

**montaña**
El tipo de terreno más alto. (pág. 98)

**mapa**
Dibujo que muestra dónde están los lugares. (pág. 20)

**mundo**
Todas las personas y los lugares de la Tierra. (pág. 30)

**mercado**
Lugar donde las personas compran y venden bienes. (pág. 258)

**necesidades**
Cosas que las personas deben tener para vivir. (pág. 138)

296

**negocio**
La fabricación o venta de bienes o servicios. (pág. 252)

**país**
Un área de tierra con sus propias personas y leyes. (pág. 52)

**no ficción**
Historias que tienen información verdadera. (pág. 66)

**pasado**
Tiempo antes que el presente. (pág. 184)

**océano**
Masa de agua salada muy grande. (pág. 105)

**paz**
Tiempo de tranquilidad y calma. (pág. 203)

GLOSARIO ILUSTRADO

**297**

**pictograma**
Gráfica que usa ilustraciones para representar números de cosas. (pág. 250)

**presidente**
Líder del gobierno de Estados Unidos. (pág. 54)

**predecir**
Decir lo que sucederá. (pág. 112)

**problema**
Algo que nos causa dificultades. (pág. 136)

**presente**
Momento actual. (pág. 186)

**punto de vista**
Manera de pensar sobre algo. (pág. 146)

**reciclar**
Usar las cosas otra vez. (pág. 117)

**refugio**
Lugar seguro para vivir. (pág. 138)

**recreación**
Cosas que hacen las personas en su tiempo libre, tales como hacer deportes o tener un pasatiempo. (pág. 215)

**regla**
Instrucción que indica qué se debe o no se debe hacer. (pág. 10)

**recurso**
Cualquier cosa que las personas pueden usar. (pág. 108)

**religión**
Creencia en un dios o dioses. (pág. 144)

**299**

**responsabilidad** Algo que un ciudadano debe hacer. (pág. 73)

**ruta** Manera de ir de un lugar a otro. (pág. 204)

**río** Corriente de agua que corre por la tierra. (pág. 101)

**servicios** Trabajo hecho para otros por dinero. (pág. 242)

**robot** Máquina dirigida por una computadora para efectuar trabajo. (pág. 257)

**símbolo** Una ilustración o un objeto que representa otra cosa. (pág. 20)

**solución**
La respuesta a un problema. (pág. 136)

**tiempo**
Cómo se siente el aire afuera. (pág. 112)

**tabla**
Cuadro que muestra información en hileras y columnas. (pág. 28)

**Tierra**
Nuestro planeta. (pág. 104)

**tecnología**
Nuevos inventos que usamos en la vida diaria. (pág. 210)

**tirar basura**
Dejar basura en el suelo. (pág. 115)

GLOSARIO ILUSTRADO

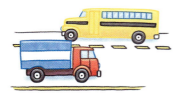

**transporte**
Formas de llevar a las personas y los bienes de un lugar a otro. (pág. 212)

**veterano**
Persona que ha servido en las fuerzas armadas. (pág. 203)

## U

**ubicación**
Lugar donde se encuentra algo. (pág. 18)

**voluntario**
Persona que trabaja sin que se le pague. (pág. 253)

## V

**valle**
Terreno bajo entre montañas. (pág. 98)

**voto**
Una decisión que se cuenta. (pág. 58)

302

# Índice

## A

**Ábaco,** 25
**Addams, Jane,** 207
**Afroamericanos,** 200, 208
**Agua**
  en mapas, 102–103, 105, 127
  como recurso, 111
  símbolos para, 102, 103
  tipos de, 99, 101
**Águila,** 60
**Águila calva,** 60
**Ahorrar dinero,** 260–261, 265
**Álamo,** 61
**Alcalde,** 50, 51
**Alemania,** 30, 118
**Alimento,** 138, 140, 142, 146–147, 148, 163
**América, primeros habitantes de,** 192–195
**"América" (Smith),** 44–45
**América del Norte,** 105, 107
**Año Nuevo Chino,** 156
**Aprender,** 2, 6, 7, 30–33
**Árbol genealógico,** 182–183
**Árboles,** 109, 120, 245
**Arkansas,** 63
**Arte,** 148
**Artefactos,** 1, 41, 81, 129, 169, 225
**Asistente del maestro,** 16
**Astronauta,** 257
**Austin, Stephen,** 189
**"Autobús escolar" (Hopkins),** 4–5
**Aviones,** 208, 212
**Ayer,** 174

## B

**Baile,** 148, 163
**Banco,** 260, 261
**Banderas,** 43, 62–63, 65, 202
**Barcos,** 196, 213, 272
**Barrio,** 82, 94–97
**Barton, Clara,** 69
**Bell, Alexander Graham,** 216
**Bellamy, Francis,** 41
**Bethune, Mary McLeod,** 1, 15
**Bibliotecaria,** 17
**Bicicletas,** 212
**Bienes,** 226, 240, 243
  intercambiar, 268–273
  tipos de, 240–241
**Boleta electoral,** 58, 59
**Bomberos,** 34–35, 71
**Bosque,** 109, 120
**Bosque tropical,** 120
**Bosque tropical de Amazonas,** 120
**Braille,** 9
**Brasil,** 31, 118
**Brooks, Gwendolyn,** 74
**Burnham, Daniel,** 75
**Bush, George W.,** 54, 55, 222

## C

**Cacto,** 119
**Calendarios,** 158–159, 166
**Cambio,** 170
  la tecnología y el, 210–217, 254–257
  el tiempo y el, 174–175
  el trabajo y el, 254–257

**303**

**Campana de la Libertad,** 61
**Canadá,** 52, 143
**Canciones,** 44–45, 65, 81
**Capitolio,** 45, 60
**Carromatos,** 213
**Carver, George Washington,** 208
**Casa Blanca,** 54, 55, 56
**Casas,** 118–121
**Causa,** 190–191
**Celebraciones,** 131, 154–157, 200–205
**China,** 121, 147, 249, 271
**Cinco de Mayo,** 156
**Ciudad,** 50
**Ciudadanos,** 43, 45, 71
  derechos de los, 72, 73
  honrar, 74–75
  rasgo de personalidad de, 68–71
  reseñas de, 68–71
  responsabilidades de los, 73
**Clave del mapa,** 96–97, 127
**Clemente, Roberto,** 209
**Colcha,** 173, 224
**Colina,** 100, 103
**Colón, Cristóbal,** 194–195
**Colonizadores,** 196–198, 199
**Compartimos,** 7
**Compradores,** 259, 265, 266–267
**Comunicación,** 214, 216–217
**Comunidades,** 46, 47
  ley en, 42, 46–47
  líderes de, 48–51
  responsabilidades de los ciudadanos de, 73
  en tierra y agua, 98–103
**Conserje,** 16
**Constitución,** 56
**Contaminación,** 114
**Continente,** 82, 90, 105, 107
**Costumbres,** 131, 160–161
**Creatividad,** 70
**Creencias,** 144
**Cruz Roja,** 69

**Cruz Roja Americana,** 69
**"Cuatro generaciones" (Hoberman),** 172–173
**Cultura** 142–145
  celebraciones y, 154–157
  definición, 131, 143
  expresar la, 148–151
  festival de, 162–163, 167
  libro de, 133, 142–145, 168
  museo de, 153
**Cuyler, Margery,** 84

## D

**Decisiones,** 36
  al comprar, 266–267
  al votar, 58–59
**Declaración de la Independencia,** 198
**Derechos,** 72, 73
**"Desde aquí hasta allá" (Cuyler),** 84–93
**Deseos,** 264–265
**Desfiles,** 204–205
**Desierto,** 119, 121
**Desierto de Sonora,** 119
**Destrezas de lectura**
  ficción o no ficción, 66–67
  hallar la idea principal, 8–9
  predecir, 112–113
**Detalle,** 8
**Día de Acción de Gracias,** 197, 200
**Día de los Caídos,** 202
**Día de la Independencia,** 199, 200
**Día de los Presidentes,** 201
**Día de los Reyes Magos,** 155
**Día de los Veteranos,** 203, 205
**Diagramas,** 182–183
**Días festivos,** 154–157, 197, 200–203, 205
**Dinero,** 252, 253
  ahorrar, 260–261, 265

gastar, 259–261, 265, 266, 267
intercambiar, 268
**Dirección,** 84, 86–93
**Direcciones, en mapas,** 106–107, 126, 167
**Director,** 3, 14, 15
**Distancia,** 152, 167
**Douglas, Marjory Stoneman,** 115

## E

**Edison, Thomas Alva,** 211, 225
**Efecto,** 190–191
**Egipto,** 32
**Enfermero,** 16
**Escala del mapa,** 152–153, 167
**Escasez,** 266
**Escocia,** 147
**Escuelas**
herramientas que se usan en, 24–29
de hoy, 23, 26–27
ir a la, 6–7
mapa de, 20–21
del pasado, 22, 24, 25
reglas en las, 10–11, 38
semejantes y diferentes, 1, 36
trabajadores en las, 14–17
**Esopo,** 150–151
**Estación espacial,** 257
**Estación espacial internacional,** 257
**Estaciones,** 170, 175
**Estado de Washington,** 64
**Estados,** 42, 52
banderas de, 63
hallar en mapas, 52–53, 79
lemas de, 64
líderes de, 51

**Estados Unidos**
alimentos de, 147
bandera de, 62, 63, 65, 202
canciones sobre, 44–45, 65
costumbres de, 160–161
historia de, 192–199
juramento a la bandera, 41, 62
lema de, 64
ley en, 56
líderes de, 43, 54–57
mapas de, 53, 79, 89
símbolos de, 60–65
**Estampillas,** 201
**Estatua de la Libertad,** 45, 61
**Everglades,** 115
**Exploradores,** 194–195
**Expresión, libertad de,** 72

## F

**Fábrica,** 227, 244–249
**Fábrica de lápices,** 244–249
**Fábula,** 150–151
**Familias,**
celebraciones en, 154, 155, 156
entrevistar a miembros de, 224
historia de, 178–183
necesidades de, 138–141
**Fechas especiales,** 154–157
**Festival de Cherry Blossom,** 157
**Festivales,** 157, 162–163, 167
**Ficción,** 66–67
**Filipinas,** 271
**Franklin, Benjamin,** 60, 206
**Frontera,** 52
**Función,** 130, 134–135
**Futuro,** 186

**305**

Gales, 144
Gas, 110
Geografía, 119, 249
Georgia, 189
Globo terráqueo, 104, 105, 106–107
Gobernador, 51
Gobierno, 51
Gráficas
 de barras, 262–263
 pictograma, 250–251
Grafito, 249
Granja, 108
Grupos, 2
 poner cosas en, 28–29
 trabajar en, 12–13

## H

Hacer muñecas, 163
Hale, Nathan, 68
Hanukkah, 154
Hecho, 66
Hemisferio occidental, 91
Héroes, 171, 206–209
Herramientas caseras, 211
Herramientas, 24–29
 antiguamente, 24–25
 caseras, 211
 hoy en día, 26–27
Historia, 170, 178, 181
 celebrar la, 200–205
 de la comunidad, 173, 184–189
 de Estados Unidos, 192–199
 de la familia, 178–183
 de Texas, 69, 189
Historia de la comunidad, 173, 184–189

Hoberman, Mary Ann, 172–173
Hogares, 118–121
Hopkins, Lee Bennett, 4–5
"Hora de la congestión" (Loomis), 228–239
Houston, Sam, 69
Houston, Texas, 94
Hoy, 174
Hull-House (Chicago), 207

Idaho, 98
Idea principal, 8–9
Indiana, 64
Indígenas, 132–133, 192–195, 197, 207
Indios, 132–133, 192–195, 197, 207
Indios cherokee, 207
Indios hopi, 192
Indios mohawk, 132–133, 193
Indios wampanoag, 197
Inglaterra, 198
Intercambiar, 227, 268–273
Internet, 31
Inuit, 143
Invierno, 175
Isla, 101
Israel, 144
Italia, 33, 121

Japón, 32, 143, 163
Jefferson, Thomas, 57, 222
Jones, John Paul, 206
Juegos de Highland, 157
Juramento a la bandera, 41, 62
Justo, 11, 70

306

## K

**Kimonos,** 143
**King, Martin Luther, Jr.,** 200
**Kwanzaa,** 156
**Kwolek, Stephanie,** 70

## L

**Lago,** 99
**Lema,** 64
**Lenguaje,** 132, 145, 148
**Ley,** 42, 46–47, 56, 115
**Libertad,** 198–199
   de culto, 72
   de expresión, 72
**Líderes,** 188–189
   de comunidades, 48–51
   de países, 43, 54–57
**Liebre y la tortuga, La,** 150–151
**Lincoln, Abraham,** 201, 222
**Línea cronológica,** 176–177, 222
**Llanura,** 100, 101, 103
**Lluvia,** 112, 113, 120
**Loomis, Christine,** 228–239

## M

**Madera,** 109
**Maderos,** 245
**Maestro,** 3, 14, 17
**Mandan,** 192
**Mañana,** 174
**Mapas**
   de barrios, 95–97
   de Estados Unidos, 53, 79, 89
   del mundo, 105
   de tierra y agua, 102–103, 105, 127
   hallar direcciones en, 106–107, 126, 167
   hallar estados en, 52–53, 79
   seguir rutas en, 204–205, 223
   símbolos en, 20, 21, 39, 96–97, 102–103, 127
**Mariposas,** 122–123
**Mayflower (barco),** 196
**McGreene, Sheppard,** 129
**Mercado,** 227, 258–261, 272, 273
**México,** 30, 52, 69, 119, 163
**Miller, J. Phillip,** 129
**Montaña,** 98, 101, 103
**Monte Rushmore,** 61
**Monumento a Washington,** 61
**Mundo, El,** 30–33, 105
**Murales,** 75
**Museo,** 153
**Música,** 148, 149, 163

## N

**Navidad,** 155
**Necesidades,** 130, 138–141
**Negocio,** 252
**Nez percés,** 192
**Nigeria,** 163
**No ficción,** 66–67
**North Carolina,** 127
**Noruega,** 120

## O

**Océano,** 83, 105
**Ochoa, Ellen,** 257
**O'Connor, Sandra Day,** 209
**Oficiales de policía,** 47, 275
**Oglethorpe, James,** 189
**Old Sturbridge, La aldea de,** 218–219
**Otoño,** 175

**307**

## P

**Países,** 42, 52
　casas y hogares en, 118–121
　líderes de, 43, 54–57
**Pakistán,** 144
**Parques,** 75
**Pasado,** 184, 189
**Pasteur, Louis,** 75
**Patriotismo,** 68
**Paz,** 203
**Penn, William,** 188
**Pennsylvania,** 64, 188
**Peregrinos,** 196–197
**Perforar,** 110
**Petróleo,** 110
**Pictogramas,** 250–251
**Pitcher, Molly,** 207
**Plátanos,** 163
**Poesía,** 4, 172–173
**Polo Norte,** 106, 107
**Polo Sur,** 106, 107
**Polos,** 106, 107
**Pomo,** 192
**Predecir,** 112–113
**Predicción del tiempo,** 112–113
**Presente,** 186, 187
**Presidente,** 43, 54–57, 222
**Presupuesto,** 265
**Primavera,** 175
**Problema,** 136
**Proverbio,** 169
**Punto de vista,** 146–147

## R

**Reciclar,** 117
**Recreación,** 215
**Recursos,** 83, 108, 111
　ahorrar, 114–117
　tipos de, 108–111
**Refugio,** 138, 139, 141
**Regla,** 2, 10–11, 38, 46–47
**Religión,** 72, 144
**Relojes,** 181
**Resolver un problema,** 136–137
**Responsabilidad,** 57, 69, 73, 115
**Río,** 101
**Robot,** 257
**Roosevelt, Eleanor,** 70
**Roosevelt, Theodore,** 222
**Ropa,** 138, 139, 140, 143, 148, 162
**Rushmore, Monte,** 61
**Ruta,** 204–205, 223

## S

**Savannah, Georgia,** 189
**Sequoyah,** 207
**Servicios,** 226, 242, 243
　intercambiar, 269
　tipos de trabajo, 242–243, 274–275
**Servidora,** 17
**Símbolos**
　de Estados Unidos, 60–65
　en mapas, 20, 21, 39, 96–97, 102–103, 127
　patrióticos, 60–65
　para tierra y agua en mapas, 102–103, 105, 127
　Tablas de, 28–29
**Símbolos patrióticos,** 60–65
**Sistema solar,** 92
**Solución,** 136
**Splendora, Texas,** 86, 94
**Suecia,** 163
**Suelo,** 108
**Sun Valley, Idaho,** 98

**308**

**Tailandia,** 272
**Taínos,** 195
**Takabayashi, Mari,** 228–239
**Techo,** 141
**Techo de paja,** 141
**Tecnología,** 171, 210, 215
    cambio y, 210–217, 254–257
    para comunicación, 214, 216–217
    herramientas caseras, 211
    para recreación, 215
    para transporte, 208, 212–213
**Teléfonos,** 216–217
**Texas,** 87, 94
    bandera de, 63
    canción sobre, 65
    historia de, 69, 189
    lema de, 64
    mapas de, 87, 102–103
**"Texas, Our Texas",** 65
**Tiempo,** 83, 174–175
**Tierra,** 92, 104, 105, 106–107
    en mapas, 102–103, 105, 127
    símbolos para, 102, 103
    tipos de, 98–101, 119, 121
**Timucua,** 193
**Tirar basura,** 115, 117
**Trabajadores escolares,** 14–17
**Trabajar juntos,** 12–13
**Trabajo,** 234–236, 240–243, 252–257, 274–275
**Tráfico,** 230–232, 236–238

**Transporte,** 208, 212–213, 230–232, 236–238
**Trenes,** 213
**Turquía,** 147

**Ubicación,** 18–19
**Uniformes,** 274

**Vendedores,** 260
**Venezuela,** 32, 120
**Verano,** 175
**Veterano,** 203
**Vía Láctea,** 93
**Voluntario,** 253
**Voto,** 58–59, 78

**Washington, George,** 56, 64, 207, 222
**Wells, Ida B.,** 208
**Wheatley, Phillis,** 207
**Wright, Orville y Wilbur,** 208

**Yoruba (grupo africano),** 81

For permission to translate/reprint copyrighted material, grateful acknowledgment is made to the following sources:

*Atheneum Books for Young Readers, an imprint of Simon & Schuster Children's Publishing Division:* Cover illustration by Barry Root from *Messenger, Messenger* by Robert Burleigh. Illustration copyright © 2000 by Barry Root.

*Curtis Brown, Ltd.:* "School Bus" from *School Supplies: A Book of Poems* by Lee Bennett Hopkins. Text copyright © 1996 by Lee Bennett Hopkins. Published by Simon & Schuster Books for Young Readers.

*Marc Brown Studios:* From *Arthur Meets the President* by Marc Brown. Copyright © 1991 by Marc Brown. Published by Little, Brown and Company (Inc.).

*Charlesbridge Publishing, Inc.:* Cover illustration by Ralph Masiello from *The Flag We Love* by Pam Muñoz Ryan. Illustration copyright © 1996 by Ralph Masiello.

*Children's Press, a Division of Grolier Publishing:* From *George Washington: First President of the United States* by Carol Greene. Text copyright © 1991 by Childrens Press®, Inc.

*Chronicle Books, San Francisco:* Cover illustration by Donna Ingemanson from *Something's Happening on Calabash Street* by Judith Ross Enderle and Stephanie Jacob Gordon. Illustration copyright © 2000 by Donna Ingemanson.

*Cobblehill Books, an affiliate of Dutton Children's Books, an imprint of Penguin Putnam Books for Young Readers, a division of Penguin Putnam Inc.:* Cover photographs from *Emeka's Gift: An African Counting Story* by Ifeoma Onyefulu. Photographs copyright © 1995 by Ifeoma Onyefulu.

*Crown Children's Books, a division of Random House, Inc.:* Cover illustration by Annette Cable from *Me On the Map* by Joan Sweeney. Illustration copyright © 1996 by Annette Cable.

*Farrar, Straus and Giroux, LLC:* Cover illustration from *Madlenka* by Peter Sis. Copyright © 2000 by Peter Sis.

*Harcourt, Inc.:* Cover illustration from *Market Day* by Lois Ehlert. Copyright © 2000 by Lois Ehlert. Cover illustration from *Check It Out! The Book About Libraries* by Gail Gibbons. Copyright © 1985 by Gail Gibbons.

*HarperCollins Publishers:* Cover illustration by Diane Greenseid from *Get Up and Go!* by Stuart J. Murphy. Illustration copyright © 1996 by Diane Greenseid.

*Holiday House, Inc.:* Cover illustration from *First Day, Hooray!* by Nancy Poydar. Copyright © 1999 by Nancy Poydar.

*Henry Holt and Company, LLC:* Cover and illustrations by Yu Cha Pak in *From Here to There* by Margery Cuyler; illustrated by Yu Cha Pak. Illustrations copyright © 1999 by Yu Cha Pak.

*Houghton Mifflin Company:* Cover illustration by Arthur Geisert from *Haystack* by Bonnie Geisert. Illustration copyright © 1995 by Arthur Geisert. From *Rush Hour* by Christine Loomis, illustrated by Mari Takabayashi. Text copyright © 1996 by Christine Loomis; illustrations copyright © 1996 by Mari Takabayashi.

*Little, Brown and Company (Inc.):* "Four Generations" from *Fathers, Mothers, Sisters, Brothers: A Collection of Family Poems* by Mary Ann Hoberman. Text copyright © 1991 by Mary Ann Hoberman.

*McIntosh and Otis, Inc.:* *From Here to There* by Margery Cuyler. Text copyright © 1999 by Margery Cuyler. Published by Henry Holt and Company, LLC.

*The Millbrook Press, Inc., Brookfield, CT 06804:* Cover illustration by Anca Hariton from *Compost! Growing Gardens from Your Garbage* by Linda Glaser. Illustration copyright © 1996 by Anca Hariton.

*Scholastic Inc.:* Cover illustration by Nila Aye from *When I'm Big* by Tim Drury. Illustration copyright © 1999 by Nila Aye. Published by Orchard Books, an imprint of Scholastic Inc.

*SeaStar Books, a division of North-South Books Inc., New York:* Cover illustration from *The Inside-Outside Book of Washington, D.C.* by Roxie Munro. Copyright © 1987, 2001 by Roxie Munro.

*Simon & Schuster Books for Young Readers, an imprint of Simon & Schuster Children's Publishing Division:* Cover illustration by Michael Paraskevas from *On the Day the Tall Ships Sailed* by Betty Paraskevas. Illustration copyright © 2000 by Michael P. Paraskevas.

*Walker and Company:* Cover illustration by Eric Velasquez from *The Piano Man* by Debbi Chocolate. Illustration copyright © 1998 by Eric Velasquez.

*Albert Whitman & Company:* Cover illustration by Paige Billin-Frye from *This Is the Turkey* by Abby Levine. Illustration copyright © 2000 by Paige Billin-Frye. Cover illustration by DyAnne DiSalvo-Ryan from *If I Were President* by Catherine Stier. Illustration copyright © 1999 by DyAnne DiSalvo-Ryan.

**PHOTO CREDITS:**
**KEY: (T)-TOP; (B)-BOTTOM; (L)-LEFT; (R)-RIGHT; (C)-CENTER; (BG)-BACKGROUND; (FG)-FOREGROUND**

**FRONT TITLE PAGE**

Front Side: (fg) Minden Pictures; (bg) Don Mason/Corbis Stock Market; Back Side: (bg) Don Mason/Corbis Stock Market

**TITLE PAGE AND TABLE OF CONTENTS:**

i (fg) Shelburne Museum; i (bg) Doug Armand/Stone; ii (bl) Shelburne Museum; iv (cl) Shelburne Museum: v (tl) Newlab; viii (tl) Erich Lessing/Art Resource; ix (tl) Smithsonian Institution

**UNIT 1:**

Opener: (fg) Shelburne Museum; 1 (tc) Shelburne Museum; 2 (cr) Ellen Senisi/The Image Works, Inc.; 3 (tr) Superstock; 3 (bl) Bob Daemmrich/Stock, Boston; 9 (t) J.C. Carton/Bruce Coleman, Inc.; 14 (b) Bob Daemmrich Photography; 15 (t) Jim Pickerell/Stock Connection/PictureQuest; 15 (b) Gordon Parks/Hulton/Archive Photos; 16 (t) L. O'Shaughnessy/H. Armstrong Roberts; 17 (t) Bob Daemmrich Photography; 18 (b) Peter Cade/Stone; 22 (c) Jeff Greenberg/Stock, Boston; 22 (c) Mark E. Gibson Photography; 23 (c) Richard T. Nowitz; 23 (bl) West Sedona School; 23 (br) James Marshall/The Image Works; 24 (t,c & bl) Blackwell History of Education Museum; 25 (b) Jack McConnell/McConnell & McNamara; 25 (tl) Gloria Rejune Adams/Old School Square; 26 (tl) Brent Jones/Stock, Boston; 26 (br) Michael Newman/PhotoEdit/PictureQuest; 28 (t) Blackwell History of Education Museum; 29 (cl, bl & tl) Blackwell History of Education Museum; 29 (bcl) Gloria Rejune Adams/Old School Square; 30 (cr) G. Popov/Sovfoto/Eastfoto/PictureQuest; 30 (cl) Bob Daemmrich Photography/Stock, Boston; 31 (br) Jay Ireland & Georgienne E. Bradley/Bradleyireland.com; 31(cr) Nicholas DeVore, III/Bruce Coleman, Inc.; 31(cl) Sheila McKinnon/Mira; 32 (t) Victor Englebert; 32 (bl) Burbank/The Image Works; 33 (c) D. Donadoni/Bruce Coleman, Inc.; 34-35 (all) Photopia

**UNIT 2**

Opener: (fg) Newlab; (bg) Robert Frerck/Odyssey Productions, Chicago; 41 (tc) Newlab; 42 (tl) David Young-Wolff/PhotoEdit/PictureQuest; 43 (tl) Reuters NewMedia/Corbis; 43 (bl) B. Daemmrich/The Image Works; 43 (cr) John Henry Williams/Bruce Coleman, Inc.; 46 (c) Alan Schein/Corbis Stock Market; 46 (br) DiMaggio/Kalish/Corbis Stock Market; 46 (cr) Joe Sohm/Pictor; 47 (c) ©Diane M. Meyer; 49 (t) Ken Chernus/FPG International; 49 (cl) PhotoDisc/Getty Images; 50-51 (all) David R. Frazier; 52 (br) Michael Hubrich/Photo Researchers; 52 (bg) Corel Collection, 1993; 54 (b) MIA/TimePix; 55 (t) Time For Kids Magazine; 55 (bl) Reuters/TimePix; 55 (br) Tim Sloan/Corbis; 55 (cr) Robert Essel/Corbis Stock Market; 56 (bc) Peggy and Ronald Barnett/Corbis Stock Market; 56 (cr) Visions of America; 60 (t) Frank Oberle/Stone; 60 (b) Phil Degginger/Color-Pic, Inc.; 61 (tl) Kunio Owaki/Corbis Stock Market; 61 (tr) Ed Wheeler/Corbis Stock Market; 61 (bl) B. Bachmann/The Image Works, Inc.; 61 (br) Joe Sohm/Visions of America; 61(cl) D. Boone/Corbis; 63 (t) Joe Sohm/Visions of America; 63 (cl) Bob Daemmrich/The Image Works, Inc.; 64 (b) Joe Sohm/Visions of America; 65 (cl) The Granger Collection; 66 (t) Grolier Publishing; 66 (b) Grolier Publishing; 68 (bl) The Antiquarian & Landmarks Society; 68 (cr) Joe Sohm/Visions of America; 69 (tl) Hulton Archive; 69 (bl) National Archives; 69 (br) Joe Sohm/Visions of America; 70 (t) Bettmann/Corbis; 70 (bl) Courtesy of DuPont; 70 (br) Color-Pic, Inc./E.R. Degginger; 71 (c) Anton Oparin/Corbis SABA; 72 (bl) PictureQuest; 72 (br) Bob Daemmrich/Stock, Boston/PictureQuest; 73 (tl) Michael Newman/PhotoEdit; 73 (cr) Photodisc; 74 (b) Larry Evans/Black Star; 74 (cr) Bettmann/Corbis; 75 (c) Larry Evans/Black Star; 75 (tc) Public Art Program/Chicago Cultural Center; 75 (tr) Chicago Historical Society; 75 (bl) Todd Buchanan/Black Star; 75 (cr) Hulton-Deutsch Collection/Corbis

**UNIT 3**

Opener: (bg) Mark E. Gibson; 82 (tl) Richard Pasley/Stock, Boston; 82 (br) Nigel Press/Stone; 83 (tl) Buddy Mays/Travel Stock; 83 (bl) W. Perry Conway/Corbis; 83 (br) R. Walker/H. Armstrong Roberts, Inc.; 94 (b) Bob Daemmrich Photography; 96 (b) Robert Winslow/The Viesti Collection; 98 (bc) Superstock; 98-99 (bg) Superstock; 99 (b) Joseph R. Melanson/Aerials Only Gallery/Aero Photo; 99 (cl) U. S. Postal Services; 100 (both) Superstock; 101 (tc) T. Dickinson/The Image Works; 101 (tr) U.S. Postal Services; 101 (cr)Robert Winslow/The Viesti Collection; 102-103 (b) Dick Dietrich; 108 (bl) Bruce Hands/Stone; 108-109 (bg) John Lawrence/Stone; 109 (tr) Fred Habegger/Grant Heilman Photography; 109 (cr & br) B. Daemmrich/The Image Works; 110 (bl) Mark E. Gibson Photography; 111 (tr) David Young-Wolf/PhotoEdit; 111 (br) Bob Daemmrich/The

Image Works; 111 (bg) Jan Butchofsky-Houser/Houserstock; 111 (cl) Jim Nilsen/Stone; 112 (b) A. & J. Verkaik/Corbis Stock Market; 113 (c) Larry Lefever/Grant Heilman Photography; 114 (b) Dan Guravich/Corbis; 114-115 (bg) Randy Wells Photography; 115 (tr) Kevin Fleming/Corbis; 116 (tr) Geri Engberg Photography; 117 (cl) Mark E. Gibson Photography; 118 (c & br) Superstock; 118 (bg) Buddy Mays/Travel Stock Photography; 119 (tr) W. Jacobs/Art Directors & TRIP Photo Library; 119 (cr) Jay Ireland & Georgienne E. Bradley/Bradleyireland.com; 119 (bl) Inger Hogstrom/Danita Delimont, Agent; 119 (cl) K. Rice/H. Armstrong Roberts, Inc.; 120 (b) Superstock; 120 (tr) Siede Preis/PhotoDisc/PictureQuest; 121 (tc) Superstock; 121 (tr) Sami Sarkis/Getty Images/PhotoDisc; 121 (bc) PhotoDisc/Getty Images; 121 (cl) Wolfgang Kaehler Photography; 122 (tr) Ian Adams/Garden Image; 122 (bl) Sara Demmons; 122 (cr) Laurie Dove/Garden Image; 123 (tr) Phillip Roullard/Garden Image; 123 (tl, bl & cl) Judith Lindsey; 123 (cr) Woodbridge Williams/Garden Image

## UNIT 4

30 (tl) Norbert Schafer/Corbis Stock Market; 131 (tl) Lee Snider/The Image Works; 131 (tr) Bachmann/Unicorn Stock Photos; 131 (bl) Bob Daemmrich/Stock, Boston; 132 (bl) Marilyn "Angel" Wynn/Nativestock.com; 132 (br & t) Melanie Weiner Photography; 133 (c) Photodisc; 140 (tr) H.Thomas III/Unicorn Stock Photos; 140 (bl) Bob Daemmrich/The Image Works, Inc.; 140 (br) Dave Bartruf/Corbis; 140 (cl) John Elk III; 141 (b & tr) Topham/The Image Works; 141 (tl) Eric Crichton/Bruce Coleman, Inc.; 142 (cr) Ted Streshinsky/Corbis; 143 (tr) Superstock; 143 (bc) Momatiuk Eastcott/The Image Works; 143 (cl) Susan Lapides/Woodfin Camp & Associates; 144 (tl) Hanan Isachar/www.holylandiamges.com; 144 (tr) Christine Osborne Pictures; 144 (bc) Macduff Everton/The Image Works; 144 (br) David R. Frazier; 148 (bl)The Newark Museum/Art Resource, NY; 148 (cr) Corbis; 149 (t) C Squared Studios/PhotoDisc/PictureQuest; 149 (bl) Bowers Museum of Cultural Arts/Corbis; 149 (br) Lawrence Migdale; 149 (cr) Mimmo Jodice/Corbis; 150 (cl) The University of Southern Mississippi; 151 (cl) Courtesy of Michigan State University/Feldman & Associates; 151 (cr) UCLA Fowler Museum of Cultural Arts, photograph by Don Cole; 154 (all) Superstock; 155 (tc) Ray Morsch/Corbis; 155 (tr) H. Rogers/Art Directors & TRIP Photo Library; 155 (bl) Suzanne Murphy/DDB Stock Photo; 155 (br) Alyx Kellington/DDB Stock Photo; 156 (tr) Billy Hustace/Stone; 156 (br) Paul Barton/Corbis Stock Market; 156 (cl) Kathy McLaughlin/The Image Works; 157 (tl) Richard T. Nowitz/Folio; 157 (tr) Ray Juno/Corbis Stock Market; 160 (cr) Bob Krist/PictureQuest; 160 (cl) Joe Sohm/Chromosohm/The Image Works; 161 (c) Tom & Dee Ann McCarthy/Corbis Stock Market; 161 (tr) Tony Freeman/PhotoEdit; 162 (all) The Institute of Texan Cultures

## UNIT 5

Opener: (fg) Erich Lessing/Art Resource; 169 (tc) Erich Lessing/Art Resource; 170 (tl) S.A. Kraulis/Masterfile; 170 (bl) 2001 by the New York Times Co. Reprinted by permission. 1927; 170 (cr) Jon Gnass/Gnass Photo Images; 171 (bl) Paul Barton/Corbis Stock Market; 171 (cr) Science Photo Library/Photo Researchers; 175 (tl) Superstock; 175 (tr) Mark E. Gibson;175 (cl) Rommel/Masterfile; 175 (cr) Superstock; 176 (bc) PhotoDisc; 178-179 (b) Sarah H. Cotter/Bruce Coleman, Inc.; 178 (cl & cr) PhotoDisc; 179 (c, bl & br) PhotoDisc; 181 (cl) Pat Lanza/Bruce Coleman, Inc.; 184-185 (all) North Carolina Collection, University of North Carolina Library at Chapel Hill; 186-187 (all) Kelly Culpepper; 188 (both) Historical Society of Pennsylvania; 189 (tl) Hulton/Archive; 189 (cr) Texas State Library & Archives Commission; 190-191 (t) Johnny Crawford/The Image Works; 191 (c) Kevin Horan/Stock, Boston Inc./PictureQuest; 194 (tr) Bettmann/Corbis; 196 (b) Bert Lane/Plimoth Plantation; 197 (both) Ted Curtin/Plimoth Plantation;198 (c) George F. Mobley/Courtesy U.S. Capitol Historical Society; 198 (b) Joseph Sohm/Corbis; 198 (tr) Peggy & Ronald Barnett/Corbis Stock Market; 199 (tr) Joe Sohm/Photo Researchers; 200 (b) Hulton-Deutsch Collection/Corbis; 201 (tr) United States Postal Service; 201 (br) Denise Cupen/Bruce Coleman, Inc.; 202 (c) James P. Blair/Corbis; 202 (b) Frank Siteman/Stock, Boston; 202 (tl) United States Postal Service; 202 (tr) John Neubauer/PhotoEdit; 202 (cl & cr) United States Postal Service; 203 (c) Joe Sohm/ChromoSohm Media; 203 (tr) National Archives; 208 (both) Bettman/Corbis; 209 (c) Bettman/Corbis; 209 (tr) Reuters NewMedia, Inc./Corbis; 210 (bl) Anthony Meshkinyar/Stone; 210 (br) Michael Boys/Corbis; 211 (c) H.H. Thomas/Unicorn Stock Photos; 211 (tc) Phyllis Kedl/Unicorn Stock Photos; 211 (tr) Anthony Marsland/Stone; 211 (br) Corbis; 211 (cl) PictureQuest; 212-213 (t) D. & J. Heaton/Stock, Boston; 212 (c) Chad Slattery/Corbis; 212 (tl) Philip Wallick/Corbis Stock Market; 212 (bl) AFP/Corbis; 212 (br) Superstock; 213 (c) Leo de Wys Photo Agency/eStock Photography/PictureQuest; 213 (b) Torleif Svensson/Corbis Stock Market; 213 (tc) Superstock; 213 (bl) Stone; 213 (cr) Brian K. Miller/Bruce Coleman, Inc.; 214 (c) D. Young-Wolff/PhotoEdit; 214 (tl) Topham/The Image Works; 214 (tc) Archivo Iconografico, S.A./Corbis; 214 (bc) Don Mason/Corbis Stock Market; 214 (br) NASA; 214 (cl) John Elk III/Stock, Boston; 215 (c) Chris Hellier/Corbis; 215 (cl) L. Hafencher/H. Armstrong Roberts; 215 (tc) Rudi Von Briel; 215 (tr) DiMaggio/Kalish/Corbis Stock Market; 216 (bl) Underwood & Underwood/Corbis; 216 (br) The Museum of Independent Telephony; 216 (cr) Corbis; 217 (tl) The Museum of Independent Telephony; 217 (tr) Superstock; 218 (bl, br, cl & cr) Thomas Neill/Old Sturbridge Village; 224 (both) Stephen F. Austin State University

## UNIT 6

Opener: (fg) Smithsonian Institution; (bg) Nick Gunderson/Stone; 225 (tc) Smithsonian Institution; 226 (tl) Burke/Triolo/Brand X Pictures/PictureQuest; 226 (br) Mark E. Gibson Photography; 227 (tl) Bob Donaldson/Pittsburgh Post-Gazette; 227 (bl) David Young-Wolff/PhotoEdit; 227 (cr) Syracuse Newspaper/Katie Ciccarello/The Image Works, Inc.; 240 (b) Aneal S. Vohra/Unicorn Stock Photos; 241 (tl) Ariel Skelley/Corbis Stock Market; 241 (tr) Michael Newman/PhotoEdit; 241 (br) Christopher Bissell/Stone; 241 (bg) PhotoDisc/Getty Images; 241 (cr) Hans Reinhard/Bruce Coleman, Inc.; 242 (tl) Bob Daemmrich/The Image Works; 242 (bl) Dan Bosler/Stone; 242 (cr) Aaron Haupt/Photo Researchers, Inc.; 243 (tr) Steven Peters/Stone; 243 (cl) Richard Hutchings/Photo Researchers; 244 (b) Richard Hutchings Photography; 245 (c) Art Directors & TRIP Photo Library; 245 (cr) Bob Clay/Visuals Unlimited; 246-248 (all) Richard Hutchings Photography; 253 (c) Hans Reinhard/Bruce Coleman Collection; 254 (bl) Burke/Triolo/Brand X Pictures/PictureQuest; 254 (bc) H. Armstrong Roberts/Corbis Stock Market; 255 (tl) Spencer Grant/PhotoEdit; 255 (tr & bl) Hulton/Archive Photos; 256 (tr) Bettmann/Corbis; 256 (bl) Pittsburgh Post-Gazette; 256 (br & cl) Hulton/Archive Photos; 257 (tl) Ray Juno/Corbis Stock Market; 257 (tr) NASA; 257 (cr) Agence France Presse/Corbis; 257 (cl) Doug Martin/Photo Researchers, Inc.; 258-259 (bg) Van Bucher/Photo Researchers, 262 (b) Morton Beebe, S.F./Corbis; 264 (br) Superstock; 264 (bg) Don Mason/Corbis Stock Market; 267 (cr) Anthony Meshkinyar/Stone; 268 (b) Esbian Anderson/The Image Works; 270 (b) Donnezan/Explorer/Photo Researchers, Inc.; 272 (tr) David R. Frazier; 273 (t) George Hall/Corbis; 273 (b) Stephen Kline/Bruce Coleman, Inc.; 274 (tr) Carlo Hindian/Masterfile; 274 (bl) Jef Zaruba/Corbis; 274 (br) Sven Martson/The Image Works; 275 (tl) Bob Daemmrich/Stock, Boston; 275 (tr) Rolf Bruderer/Corbis Stock Market; 275 (bl) John Lei/Stock, Boston; 275 (cl) Michael Philip Manheim/The Image Finders

All other photos from Harcourt School Photo Library and Photographers: Weronica Ankarorn, Victoria Bowen, Ken Kinzie, Quebecor World Imaging.